河出文庫

学校の青空

角田光代

河出書房新社

目次

学校の青空

パーマネント・ピクニック

ハルオのお通夜の日は、雪の降りそうな寒い日だった。お焼香《しょうこう》を済ませて私は友則《とものり》と二人、暗くて寒い道を駅に向かって無言のままひたすら歩いた。友則はずっとしゃくりあげていた。ときどき立ち止まって思いきり鼻をかんだ。

ハルオは私たちの小学校時代の同級生で、私とも友則ともそれほど仲がよかったわけではなかった。私立の男子校に進学したハルオとは、たまたま駅の近くで会ってもあいまいな挨拶《あいさつ》を交《か》わす程度だった。けれどちょうど一か月ほど前、大雪が降って学校が二時間目で終わった日、友則と行ったゲームセンターでハルオに会った。この近所にはゲームセンターが三軒あり、二軒は薄暗くてこ汚いがすべてのゲームが五十円で、いつも私たちの中学の生徒であふれ返っている。その日も二軒とも混んでいて、私たちは雪を踏んで少し遠くの真新しいゲームセンターへ行ったのだった。浪人生ふうの男やスーツ姿の男たちの中に、見覚えのある横顔があった。一人だったら知らん

ふりをしていただろうが、友則はそれが元同級生だとわかると彼特有の人なつこさで近寄り、

「ハルオいつもここに来てんの？　何これ、ゲーム全部百円じゃん。やっぱ新しいから高いのかな」

と話しかけた。それから私たちは三人でゲームをした。私と友則のお金がなくなってしまうと、ハルオが全部出してくれた。それがよっぽどうれしかったのか友則は妙にはしゃぎ始め、駐車場に出て雪合戦をして遊んだ。雪はしんしんと降り続け、街は人気《ひとけ》がなく、あたり一帯が貸し切りの大きな公園みたいだった。雪の玉を次々とこしらえては走りまわり、あんまり楽しくて、私は自分が二年前に中学生になったことを忘れていた。騒ぎ疲れて坐《すわ》りこむと、ハルオが温かい缶《かん》コーヒーを買ってきてくれて、そのときようやく私たちはもう小学生じゃなかったんだと思い出した。

うすぼんやりと歩道を照らす街灯を通りすぎてから、おれがいけないんだ、おれがいけないんだ、と急に友則が言い出した。

「何が？」

と訊《き》くと、友則はもそもそした声で答えた。

「あのときおれが帰ろうって言い出したんだもん。ハルオは帰りたくないみたいで、

もしお好み焼食べにいかない？　って言ったのに、おれが帰るって言ったんだもん。何あのとき、一緒にお好み焼食ってたら、あいつ死ななかったかもしれないじゃん。何か話したかったのかもしれないのに、おれが帰ろうって言って、だから話も聞いてやれないで、あいついじめられてたらしいじゃん。そのことで何か話したかったのかもしれないのに」

「そうだったっけ？　ハルオ、お好み焼なんて言ったっけ？」

そのときはあんまり楽しすぎて、何を話したのか全然覚えていなかった。ただ三人で犬みたいに走りまわったことと、こんなに楽しいのはものすごく久し振りだと思ったことしか覚えていない。

「言ってたよ。別におれ用事なんてなかったのに、本当何も考えずに、帰るって言っちゃったんだよ」

そう言って友則は声を震《ふる》わせる。

「友則が悪いわけじゃないと思うけど。あのとき、そんな感じ全然しなかったじゃない。ハルオもものすごく楽しそうで、何か話したいとか、悩んでるとか、全然そんなふうには見えなかったじゃない」

友則は答えない。あの日握《にぎ》った雪の冷たさをふっと思い出して、私はつぶやいた。

「楽しかったな、あのとき」

友則はいっそう声をあげて泣き始める。

「それって、何か違うよ。おれが悪いとか思うのって、何か違うと思う」

友則はそういう私の言葉に耳を傾《かたむ》けず泣き続けていたが、急に立ち止まり、

「ちょっと待って」

私に背を向けた。何事かと思わずのぞきこんだ私に、

「見るな」

と普通の声で言う。細い細い水のしたたる音が、すぐ近くで聞こえた。足元のコンクリートが黒く染《そ》まっていく。そうっと近づいて友則の顔を盗み見ると、彼は今までうそ泣きでもしていたかのようなさっぱりした顔つきで、じっと自分の股間《こかん》を見ているのだった。

用が済むと再び私と肩を並べ、思い出したように小さくすすり泣き始める。振り返ると黒い水溜《みずたま》りが柔らかい湯気をたてていた。彼は子供のように私の手を握り、駅の明りが見えてもしばらく鼻をすすっていた。手も洗ってないのに、と思いつつ、その手を振りほどくことはしなかった。

友則はやっぱり男の子なんだなと、こんなとき改めて思う。女の子にはできない気

軽さでオープンエアートイレットができるからではなくて、もし女の子だったら、もし女の子が何か悲しいことがあってそれでもなおかつもよおしてしまったら、きっと泣きながら用をたす。しゃがみこんでパンツを下ろしても悲しいことは消えないし、こんなにも悲しいのにしゃがみこんでいる自分が悲しくて泣き続けると思う。何も考えていないみたいに、じっと自分の股間と流れていく小便を見つめていることなんか、絶対にできない。友則がうらやましいような気がした。さっき自分の性器に添えていたこの掌《てのひら》は、あのときの雪の冷たさや、差し出された缶コーヒーの温かさを覚えているんだろうか。

うちのおばあちゃんは毎日リュックを背負って出かける。どこへ行くのか、だれも知らない。リュックの中には、お母さんが作るお弁当と、住所を書いた紙切れと、だれにも見せないおばあちゃんのノートが入っている。まだ中学に上がらないころ、私はおばあちゃんの部屋が怖くて足を踏み入れることができなかった。おばあちゃんの部屋の障子《しょうじ》はほかの部屋よりいっそう白く輝いていて、そのために室内は薄暗く見えた。その薄暗い中の、一番闇《やみ》の濃いところに黒光りしている仏壇《ぶつだん》がある。その上に、大きな額縁《がくぶち》に入ったおじいちゃんと、おじいちゃんによく似た人たちの写真が飾ってある。おじいちゃんは私が小学校五年のときに死んだ。それからしばらくしておばあちゃんは一人で出かけるようになった。一度、なかなか帰ってこなくて、どこだかものすごい遠くで見つかって警察の人と一緒に帰ってきたことがあった。出かけないように、と言っても出かけてしまうので、そのことがあってからおばあちゃんはリュックを背負わされることになった。

休みの日、リュックを背負った丸いおばあちゃんの背中を見送りながら、私はたまらない気持ちになることがある。どうして小学生の私があのおばあちゃんの部屋へ入っていけなかったのか今ではわかる。あの部屋だけ、この家とつながっていないのだ。多分おばあちゃんが宝物のように握りしめて離さない、おじいちゃんや、おばあちゃんの両親や友達、それからもっともっとたくさんの、おばあちゃんが失ってきたもの、そういうものの気配がぎっしり詰まっていて、だから障子は必要以上に陽の光を吸い尽くして部屋の中を薄暗くし、部屋の中の黒い部分はびっくりするくらい黒く見えるのだ。

学校へ行くと、私と同じ小学校から上がってきた人たちはみんなハルオの話をしていた。私も混じって話した。ほとんどの人はハルオと親しかったわけではなく、ハルオとはもう二年近く会っていないので、ＴＶでしか知らないタレントが死んだことを話すみたいに無責任にいろんなことを言い合った。

「原因はやっぱりいじめなのかなあ」

「そう聞いたよ、私も。でも男子校のいじめってどんなのだと思う？」

「男子校っていうとさあ、ゲイとかいそうじゃん。先輩のセクハラかもよ」

「愛憎のもつれかもね」

「ゲイっぽかったもんね、あの子」

そうかと思うと、

「ひどいよ、そんなこと言うなんて」

ともりあがって泣き出す女の子もいた。私も一緒になってしゃべっていたけれど、私たちがハルオの自殺の理由を半ばからかい半分にあれこれ言うのも、それをひどいと言って泣くのも、なんだかみんなピントのずれたことみたいに思えた。どこで聞いたのか、ハルオの自殺の仕方をこと細かくしゃべるクラスメイトに耳を傾けつつ、教室の隅《すみ》に固まっている男の子たちの中に友則の姿を捜した。今日発売の漫画を固まって熱心に読み耽《ふけ》る四、五人に混じって友則は、

「まだめくるなよ、お前読むの速えよ」

と真剣な顔つきでどなっていた。

規定のオーバーコートは恰好《かっこう》悪い、と思うからいつもは手に持っているだけなのだけれど、あんまり寒いので袖《そで》を通して襟《えり》を立てた。そのましゃがみこんで屋上の柵《さく》につかまり、白っぽい空を見上げた。粉をまいたような薄い雲が人の形に見え、さっきまでみんなと話していたハルオのことを思い出した。

人の形をしていた雲は風に押し流され、ぐにゃりと形を変えてただの線になる。ハルオは、酒を飲んで咳《せき》どめ薬を飲んで薄着をして人気のないビルの上から飛び降りるという、噂《うわさ》では、よく言われる自殺のいくつもの方法を同時に実践するような方法で死んだらしい。頭が割れて脳味噌《のうみそ》が飛び出ていたとか、仰向《あおむ》けになった顔は満足そうに笑っていたとか、いろんな話を聞いたけれど全部ただの噂だ。本当は、発見されたハルオはどんな形状だったんだろう。

「今のままがんばれば大丈夫」と先週担任に言われた。それを聞いたときほっとしたのだが、私はなぜかあの大雪の日を思い出した。鼻水を垂《た》らし顎《あご》が痛くなるくらい笑い続けていた三人の姿を目の前に思い浮かべると、ほっとした気持ちはすぐに消えていき、意味もなく私はじりじりした。私がじりじりと居心地悪く椅子《いす》に坐っていたとき、ハルオはどこで何をしていたんだろう？　ハルオもやっぱりあの日のことを思い出していただろうか？

「わりいわりい、待った？　中谷の説教聞いてから教室戻ったら遠藤のやつがよお、ゲーセン行こうってうるさくてまいっちまったよ。あいつばかでさ、メトロってゲーセンあるじゃん？　あそこで働いてるねえちゃんが気になってるんだってよ。おれもその女知ってっけど族あがりのシンナーやりすぎで歯抜けたようなアブない風貌《ふうぼう》してんだぜ、その話でもりあがっちゃってさあ」

ドアを開けて私のところにたどり着くまでの数メートル、友則はずっと口を動かして歩いてくる。

「さみいね、今度から待ち合わせ場所変えようぜ」

ようやく私の横に来て、友則はぴったりと寄り添って私の隣にしゃがみこむ。私はしびれかけた足を動かして数センチ離れた。わかっているのかいないのか、友則も腰《こし》をずらしてまたぴったりとくっついてくる。

「なあおれ今日英語の中谷に呼び出しくらったじゃん？　あれなんでか知ってる？　この前のテストの結果があんまりにも悪くて、このままじゃ本当にやばいから、補習をやってやるから来いって言うんだよ、まじな顔で。おれ思うんだけど、中谷っておれに気があるんじゃないのかなあ。だってあいつ何かっていうとおれのこと呼び出すじゃん。ねえ、やばいよねえ?」

「それは、本当にあんたの英語がやばいからなんじゃないの?」

「ええっ、何言ってんの? だって受験まであと一年あるんだぜ、今やばいって言うことないじゃん」

私と同じように柵に手をかけ、友則は顔を突き出してぺっぺっと下に向かって唾《つば》を吐《は》いている。形のいい彼の左耳を私は見つめた。

「ねえ、私たち、おんなじ高校に行けないかもね」

縁だけうっすらと赤く染まった彼の耳は、そう言った私の真意は吸い取らないみたいで、

「やだなあ、そうやっておれの劣等感刺激するわけ?」

と笑った。

「そうじゃなくて、夏に約束したじゃない。おんなじ高校行こうって、約束したじゃない」

「わかったよ。おれ、中谷の補習受けるよ」友則はきちんと私を見てそう言ったが、「でも知らないよ。おれが中谷にやられちゃっても」とつけくわえてまた面白そうに笑った。

それから、これからどこに行こうかということを延々と話し合って、結局私たちは屋上の隅っこでうずくまっていた。

二号館の屋上は、ボイラー室やよくわからない機械があって、一応立ち入り禁止になっている。敷きつめられたコンクリートは薄汚く、生徒はあんまりここへは来ない。ほかにも見晴らしのいい屋上はあるし、煙草《たばこ》が吸いたい生徒やこっそりキスをしたい生徒はもっと別の場所を選んでいる。私が友則と二人で初めて話したのは、この閉鎖《へいさ》された工場みたいな屋上だった。

ぴかぴか光るフルートを買ってもらってブラスバンドに入ったのに、いつまでたってもソの音しか出せなくて、フルートを焼却炉《しょうきゃくろ》に投げ入れて私はこの屋上へ走ってきた。夏休みだったのにそこには制服を着た友則がいて、ウォークマンをしてほか弁を食べていた。することないから学校に来たんだ、と友則は言って、その日私たちは汗をだらだら流してずいぶん長い間話していた。先のことを考えるように言われて考え始めたとたん、胸のあたりがじりじりして、身体じゅうがびりびりするのだと言うと、友則は目を見開いて「そう！　そうなんだよ！」と叫《さけ》んだ。二人で会うようになったのはそれからだった。友則が私のすべてをわかってくれるとは思えなかったけれど、友則と会っているとじりじりする気持ちが薄れた。薄暗い和室のことも、リュックを背負ったおばあちゃんの後ろ姿のことも、私は忘れることができた。

人が年を重ねていくと、ときどき途中に大きな穴ぼこがあって、そこをうまく避《さ》けて歩いていける人もいるのに、まんまと穴ぼこにはまってしまう人もいる。普段あんまり話の合わない友則と私は、おんなじ穴ぼこにはまってしまったんじゃないかと妙に納得《なっとく》するときがある。彼と一緒に坐っていると、おんなじ穴ぼこから、頭の真上に広がる空をじいっと眺《なが》めているような、そんな気がするときがある。

遠藤たちと来週プロレスのチケットを買う話をいつもの調子でべらべらしゃべっていた友則は、ふと言葉を切り、ぱちり、ぱちりと一つずつ電気の消えていく向かいの校舎を見つめ、

「ハルオは、もうやりたいことが一つもなかったんだよな」

と言った。

「あったのかもしれないけど、思いつかなかったんだよな。プロレスも、コンサートも、新しいゲームソフト買ったりすんのも、何一つ」

向かいの校舎の教室はすべて闇に沈み、一階の職員室だけがクリーム色のカーテンを光らせていた。膝《ひざ》を抱《かか》えて前を向く友則の視線の先には、さびれた墓場のように並ぶ教室の窓があるのか、ときおり人影を映す職員室のカーテンがあるのか、それともも

っと別の何かを見ているのかわからなかった。急に何か話したくてたまらなくなった。なんでもいい、一時間も二時間もずっとぶっ通しで言葉を出し続けたくて、喉《のど》のあたりがくすぐったい。おばあちゃんの部屋のこと。仏壇の上にずらり並んだ黄ばんだ写真のこと。おばあちゃんの背負うリュックのこと。その中に入った住所を書いた紙切れと、だれにも見せない分厚いノートのこと。このままがんばれば大丈夫と言われたこと。けれどどのくらいがんばっていればいいのか見当もつかないこと。

「私だって、やりたいことなんて、ないよ。今出してる希望校だって親が決めたし、多分親がいいって言うことは並外れて間違ってないってことはわかってるの。でも違うって思うときがあって、なんだかたまらない気持ちになるんだけど、じゃあほかに何がしたいのか自分で言ってごらんなさいって言われたら私なんにもしたいこと、ないの。だからきっとこのまま希望校受けて、もしそこに行けたとしてもまたその先におんなじようなことが待ってて、またこのままがんばれば大丈夫とか言われて、もしかしたらそんなことの繰り返しで、そんな合間合間にやりたいことも考えなくちゃいけなくて、もしこのまま何も見つからなかったら年取ってリュックしょって用もないのに毎日出かけていくのかなあって思うと怖くなるときがあるよ。年取ってからじゃなくても、今の私って用もないのに学生かばん持ってふらふら出かけてるようなものじゃない。もし途中で意識がなくなってもちゃんと元の場所に連れ戻されるように学生証持って」

言いたいことをうまく文章にする力が完璧《かんぺき》に欠如していることを意識しつつ、私はしゃべり続けた。今喉のすぐ下で渦巻《うずま》いている形のないものをそのまま友則にわかってほしかった。郵便ポストが赤いと言うとき、その同じ赤を友則に思い浮かべてほしいのだと、やりたいことといったらその一つだけを私は痛切に願っているのだと、頭の隅のほうで理解した。

「そうだよね。うん、そうなんだよなあ」

友則はひねりだしたような声で言った。それを聞いてほっとするのと同時に、私の本当に言いたいことが、お前、ちゃんとわかったのかよ、と無性にいらいらした。

「でも友則はプロレス行くんでしょ。行くのすごい楽しみなんでしょ」

友則の腕《うで》をつかむと、彼の学生服は金属みたいに冷たかった。友則はじっと私の顔を見ていたが、口を尖《とが》らせて、

「……だってそんなの、行けば、終わっちゃうもん」

とつぶやいた。

明りのついた職員室の前を、おんなじジャージを着た生徒が列になって歩いていく。

明るい笑い声が遠く響いた。目を閉じてその声に身をゆだねていると、ふっと気を失っていきそうだった。そのままその声に溶《と》けこんで、空に昇って消えていきそうだった。急にもやもやと暖かい空気を顔のあたりに感じて目を開けると、友則の顔がすぐ近くにあった。荒れて白っぽくなった唇《くちびる》がやけにリアルに目の前に差し出されていて、しかもそれは寒さのためか小刻みに震えていて、薄気味の悪い生き物みたいだった。

「もう一度ハルオに会って、こんな話したいよね。死んだら会えると思う?」

とっさにそう言ってしまったのはすぐ目の前の薄気味の悪い生き物を避けるため、というのが第一の目的で、あまり深い意味はなかったのだ。けれどそう言ってしまったとたん自分の言葉はずしりと首根っこに重くのしかかってきて、何気なく言った以上の意味を含《ふく》んでいたのだと、目の前の友則の表情を見てわかった。その効果はなかなかのもので、友則は突き出していた顔をひゅっと引っこめ、私の顔をまじまじと見つめた。けれどそのことに安心するよりも、無意識に自分でその言葉に意味を持たせていたこと、私の口はそれを伝えるためにずいぶん前から準備していた気がしたこと、そのことに驚いていた。

「えっ」

ずいぶんたってから友則はようやく声を出し、私と友則はしばらくの間近い距離で見つめ合った。私は映りの悪い鏡を見るように、友則の目の中に自分の表情を捜していた。

おばあちゃんはりんごのアップリケのついた前掛けをしてゆっくりとご飯を食べる。小さな子供が柔らかいものを噛《か》んでいるみたいに、くちゃ、くちゃ、と長い間音が続く。おばあちゃんのことは決して嫌いではないけれど、スプーンですくったご飯を、くちゃ、くちゃ、くちゃ、と永遠に噛み続けるような音を聞いていると、食欲がなくなる。私はリモコンのボタンを押してＴＶの音を大きくする。母親も父親も何も言わず、私たちは同じ角度で首を傾けてＴＶを見ている。おばあちゃんだけが、握りしめた銀のスプーンを見ている。

「これはなんて魚だい」

急におばあちゃんがすっとんきょうな声をあげ、母親が振り向く。

「ほらおばあちゃん、口の中のもの飲みこんでからしゃべって下さいね」

前掛けに落ちたものをつまみ、母はその手をふきんに押しつける。

「なんの魚かって、訊いたのよ」

母の顔がまたＴＶを向く前に私は言った。

「え？　やだ、普通のさばじゃないの。簡単なんだから、あんたもこれくらい作れるようにしないとね」

TVから飛び出した悲鳴に気を取られ、母は言葉を切って画面を向く。

　食事が終わって立ち上がると、

「ちいちゃん、あとで、おばあちゃんの部屋に来てね」

秘密を打ち明けるみたいな顔でおばあちゃんが声をかけた。父も母も何も聞こえなかった様子でTVを見ている。前掛けにくっついている、乾燥した一粒のご飯に焦点を合わせて私はうなずいた。

　和室の襖《ふすま》をそっと引くと、薄暗い部屋におばあちゃんの背中が丸く浮かんでいた。部屋の隅の小型TVが騒がしいくらいのボリュームで流されている。

「来たよ、おばあちゃん」

声をかけるとおばあちゃんは振り返り、にこにこした顔で手招きをする。畳《たたみ》に足を踏み入れたとたん、その場所は家と切り離されて、時間のないぐにゃぐにゃした異空間に変わっていくような錯覚を覚えた。

「これ、きれいでしょ」おばあちゃんはリュックの中から何かをつかみ、畳の上にばらまく。石ころだった。「角がなくて、丸くて、真っ白。ちいちゃん喜ぶだろうと思って、拾ってきたの」

「わあ、本当きれいだね」

わざとらしいくらいの声を上げて、畳の上の石ころを一つ一つさわった。すべすべしていて、確かに美しい石だった。十個あった。その中で一番形のいい石を一つ握りしめて、

「残りは全部、ちいちゃんにあげる」

おばあちゃんは満足そうに言う。部屋に置いておいて、ある日母親に見つけられ、燃えないごみの日にぽいと捨てられる運命を持っているだろう九つの石を、なでたりさすったりしているうち、鼻の奥がつんとした。わけもなく涙まであふれてきそうで、
私は早口で訊いた。

「どこで拾ったの、これ」

「うんそれはね、秘密」

「おばあちゃんいつも、どこに行ってるの」

「ああそう、それからねちいちゃん、今日電話で、革《かわ》の上着頼んどいたから。便利になったもんだよね、電話すると届けてくれるっていうんだからさ」

おばあちゃんはそう言うと、ふいとＴＶに向かい合って黙りこんだ。

「これ、ありがとうね、おばあちゃん」

九つの石ころを抱えて私は部屋を出、まださっきと同じ角度でTVを見ている母親のところに行った。

「おかあさん、おばあちゃんまたテレフォンショッピングしちゃったみたいだから、一応言っとくね」

「ええ？　またなの？　何買ったって？」

「革のジャケット」

「じゃ明日電話で断わっておかなきゃ」

部屋に戻って窓際に石を並べた。注文した革のジャケットが届かなくても、おばあちゃんはそのころにはもう全部忘れている。今日くれた石ころが全部捨てられても、そのころにはその石になんの意味があるのか忘れている。

どこに行っているのかいつ訊いてもおばあちゃんが答えないのは、どこへ行っていたのかも忘れているのだと母親は言っていた。けれど、本当に秘密の場所へ行っているんじゃないか、と思うときがある。あの世とか天国とか呼ばれているところにとても近い場所。休みの日、昼の太陽に照らされて真っ白い道を歩いていくおばあちゃんの後ろ姿を見ていると、おばあちゃんはもうこのまま帰ってこない、とぼんやり思っている自分に気がつく。住所を書いた紙切れを持っていてもきっと帰ってこられないだろう、と。あるいは、おばあちゃんはそんな場所を毎日毎日捜して歩いている。もし見つかったら、そのときこそ本当に帰ってこないだろう。そう思うとき、私も一緒に連れていってよ、と言いたくなる。テストとお弁当と友達とノートと教科書、たくさんの可能性と選択と大いなる未来とできることとできないことに囲まれている私の手を取って、住所を書いた紙切れと死んだ人たちの写真と小型TVとりんごの前掛けと端の黄ばんだ障子の部屋から抜け出して、その秘密の場所へ連れていって。その場所にいる自分と、そこにいるおばあちゃんは、明日の時間割を思い浮かべるよりも、たやすく想像できる。


中庭の自動販売機でジュースを選んでいると、だれかの手が伸びてきてりんごジュースのボタンを押した。

「おれに一口ちょうだい」

振り返ると友則が笑っていた。

「なあ、昨日の話だけど」

階段の裏でかわりばんこにジュースを飲みながら友則は言った。

「何、プロレス？　行かないよ、私は」

「違うよ。おれゆうべ考えたんだけどさ、おまえが死のうと思ってるんだったらおれ一緒に死んでもいいよ」

掃除《そうじ》当番なんだったら手伝ってやるよ、と置き換えてもなんのさしさわりもない爽《さわ》やかな笑顔で、友則は言った。

「なんか面倒臭くてよ。補習とか希望校とか三者面談とか、いろいろさ。それ全部なくなるんだ、自分でなくしちゃえるんだって考えたら、すっきりしちゃって」

「そう。本当にそう思うの？」

「だっておんなじじゃん。受験しますか、しませんかっていうのと。面倒だからしませんよって答えると、じゃあ就職しますか、って面倒なことって枝分かれになってくだけでさ、そしたら全部やめますよって言ったっていいわけじゃん。ハルオ死んじゃって、いじめられてたから、なんてあとからみんな理由くっつけるけどさ、実はハルオっていじめられてなかったんじゃねえの？　ほらうちのクラスの斎藤ってデブだからからかわれてるけどさ、いじめってほどでもないと思わねえ？　けどきっと斎藤が自殺したら、いじめが原因ってことになるんだよ。ハルオ、きっと受験しますかしませんか、のノリで死んじゃったんじゃないかなあ。だってもしいじめが原因だったら、絶対遺書残すぜ。死んでも恨《うら》んでるとか、いじめられてつらかったとか」

なんだか友則の軽い口調を聞いていると、それは確かに簡単なことに思えた。ハルオがどうして死んだのか今ではだれも知ることはできないけれど、もしかしたらハルオも私たちと同じように、特別つらいことも悲しいこともなかったのかもしれない。明日の時間割を見て教科書をそろえるのが面倒だったり、来週まわってくる週番のとき日誌に何を書こうか考えるのがもういやだったりしただけなのかもしれないと思えてきた。

「おれ子供のころぜんぜんそくだったの。死ぬと思ってたんだ。つらくて。そっちのほうがいいって思うときもあったんだ。ゼエゼエやってて気が遠くなってくと、すげえ気持ちいいんだぜ。もう咳が出なくなったとき、なんかぼんやりしちゃったんだよな。だってもう死ぬ準備してたわけだからさ。まだ生きててここにいる自分って、例外みたいに思えてさ。透明人間みたいな感じっていうのかなあ。でも何やってもいいわけじゃなくて、例外なのにちゃんとルールは守らなくちゃいけなくて、なんか慣れなかったんだ」

もっと話していたかったのに、話し声を聞きつけて階段の裏をのぞいた遠藤が、

「噂は本当だったぜ、友則と唐沢《からさわ》、こんなところに二人でしけこんでやんの！　二人

仲良くなんのご相談?」

なんて調子はずれな大声を出し、私たちは慌《あわ》ててそこから抜け出した。友則はあっというまに遠藤たちに取り囲まれてはやしたてられ、顔を赤くして何かどなっている。その光景はどこか現実じゃないような、うすぼんやりと膜《まく》の向こうで行なわれているみたいだった。例外ってこんな感じだったんだろうかと、だんだん遠くなる彼らの声を聞いて思った。

その話をしてから、今までよりさらに私と友則の距離は縮まった。休み時間、移動教室のとき、どちらかが掃除当番のとき、まただれかに見られてひやかされてもかまわずに、磁石《じしやく》のように私たちは近くにいて、あれこれと話した。あれ以来、たとえばどうやって死ぬのかとか、いつがいいのかとか、そういった具体的な話はいっさいしなかったけれど、私たちはおたがいにそうすることを決めていた。廊下《ろうか》を歩いていてふっと友則が肩を寄せてくるとき、友達とぐずぐずと話してすっかり帰りの遅くなった下駄箱《げたばこ》でひょっこり友則が現われるとき、彼が決意していることを確信した。私たちが急に一緒にいるようになったのを面白がるクラスメイトたちが、どんな言葉でひやかそうと、あることないことを言いふらして騒ごうと、全然気にならなかった。今までいったい何を恐れておたがいに知らんふりし合っていたのかと、そっちのほうが不思議だった。クラスメイトたちのひやかしの言葉も、英語の構文も、歴代の徳川将軍の名前も、おんなじように、ただ何気なく街を歩いているときに耳に入る柔らかい騒音となんのかわりもなかった。そんな騒音の中で、ふと友則と目が合った瞬間、私たちは共犯者の笑顔で笑い合った。実際、階段の裏であの話をしてから、楽しくて仕方がなかった。核兵器のスイッチを押す権限を持っている人は、こんなハイな気分に急激に襲われて、とめどなくあふれてくる笑いに身をゆだねてスイッチを押してしまうことはないのだろうか、そんなことを思った。

音もなく降る雨が次第に暖かい風を感じさせるようになり、私と友則は具体的に準備をするようになった。自分の部屋をきちんとかたづけよう、読まれたくない日記は始末しておこう、こっそり集めていたくだらない収集物は捨ててしまおう、喧嘩《けんか》をしている人がいたら仲直りをしておこう、それから、私たちのまわりにある美しいものをちゃんと見ておこう。二人でそう決めた。黒みがかった枝についた梅の花や、屋上から見た雨上がりの街や、日が暮れる一歩手前の複雑な色の空なんかを。

あと数日で学校も終わり、それと同時に私のこの世界も終わるのだと思うと、わざわざきれいなものを捜して見つめるまでもなく、世の中は違って見えた。友則が言っていた、透明人間みたいな気分とはこういうことなのかと理解できた。自分が透明人間になったというよりも、自分を取り巻くすべてが透明になっていた。いつもとかわらず繰り返される日常は、しなやかに軽く柔らかく、私から遠かった。ハルオがもし数日前から自殺を計画していたなら、きっと彼もこんな世界で呼吸をしていたのだろう。

背中を丸め、くちゃ、くちゃ、くちゃとものをそしゃくするおばあちゃんの姿を私はまじまじと眺めた。私の視線に気づいておばあちゃんが顔を上げ、目が合った瞬間、私たちは笑い合った。この人は知っているのだとそのとき思った。おばあちゃんが捜し歩いている秘密の場所を私も捜していることを、この人はきっと知っているのだ。口の端にしがみついていたご飯粒がスローモーションでぽたりとりんごの前掛けに落ちる。おばあちゃんはそれに気づかず、スプーンを口に運ぶ。私も箸《はし》を口に運ぶ。TVの中から起こる爆笑と、父と母のふっと漏《も》らす笑い声が、私とおばあちゃんからずっと離れた遠くで響いている。

閉鎖されたプール傍《そば》の更衣室で、黴《かび》臭いにおいを嗅《か》ぎながら私たちは計画をたてた。死ぬ方法について考え、場所を選び、日にちを決めた。壁際《かべぎわ》に並んだ水色のロッカーは端からじわじわと錆《さ》び始めていて、曇《くも》ったガラスから差しこむ歪《ゆが》んだ陽の光に照らされている。こんな計画をたてるのに絶好の場所だった。国語のノートに決めたことを一つずつ書いていく友則の指先を見ていたら、前にもこんなことがあったと思い出した。

この前の冬休みだった。スーパーファミコンとソフトを買ったクラスメイトの町田くんが両親の留守に友達数人を呼び、私たちは彼の部屋でＲＰＧをした。いそいそとゲームのスイッチを入れた町田くんも、集まっていた友達も数分たつと展開の遅いゲームに飽《あ》きて、スナック菓子の封を次々と開けてだらだらとしゃべり始めた。私と友則だけがメモ帳とゲームの解説を傍《かたわ》らに置き画面の前に正座して、ああでもないこうでもないと真剣に考え、着々とゲームを進めていった。町田くんの母親が帰ってきてみんなが帰りかけても、私たちはじっと画面をにらんでいた。この道はまだ行っていないから行ってみよう。この人にもう一度話を聞いてみよう。画面の中をちょこちょこと動きまわる主人公は私と友則に身をゆだね、敵に遭《あ》ってこてんぱんにやられてしまうのも、開かない扉《とびら》を苦労して開けるのも、すべての決定権は私たちにあった。結局町田くんのおかあさんに叱《しか》られて、私たちは重大な決意をしてぱちんとスイッチを切った。ゲームの主人公も武器も敵も秘密の部屋へ抜ける地図もいっぺんに消えて、画面は灰色で埋め尽くされた。

「なんかこういうこと話してると、わくわくするな」

人差し指でシャーペンをくるくるまわして友則は言った。

「なんだかさ、スペシャルバージョンの遠足を待ってるみたいだよね。でもすごいと思わない？　遠足が終わっても、ああ終わっちゃったって思わなくてもいい遠足なんだよ」

私の意見に友則はうれしそうにうなずいた。そして急にノートとシャーペンをはげかけた天井に向けて放り投げ、

「中谷のエロ補習受けなくて済む！」

と叫んだ。

「新しいクラス担任がもしかしたら近藤のばばあかもってびくびくしなくていい！」

「春休みの呼び出しも怖くない！」

「ずっとずっとがんばらなくてもいい！」

「欲しいもんと、欲しいもんの金の捻出《ねんしゅつ》に悩まされることももうない！」

もうしなくてもいいことを、思いついた片っ端から私たちは叫び合った。それがどんなちっぽけなものでも、もうしなくてもいいのだ。するかしないかさえも考えなくてもいいのだと思うと指の先からうきうきした。私たちは感極まって、クリスマスプレ

ゼントをもらった子供のように抱き合った。友則の身体に触れるのは初めてだったが、それはちっともいやらしい感じではなかった。私の腕が抱いているものは身体ではなく友則の魂みたいに思えた。抱き合ったまま、いつまでも終わらない笑い声を出し続けた。

屋上で友則と会ったあの夏の日、これを話したらわかってもらえるだろうか、話してみてちゃんと意味は伝わっただろうか、そんなことを考え考え言葉をつなぎ続けていないで、早くこう決めてしまえばよかったんだ。どんなにたくさん話しても、結局友則は他人でしかないとか、結局私は立ち小便はできないとか、結局いつか私たちはおたがいのことを忘れていくのだとか、そんなふうにいちいち距離を測っていた半年間は、なんてばかばかしかったんだろう。今「結局」を捨てる決意をした私たちは、こんなにも近くにいる。ゆうべきれいな夕焼けを見たと一言告げるだけで、すぐさまおたがいにおんなじ景色を思い描くことができる。ポストが赤いと言えば、私たちはまったく同じ赤を思い浮かべるのだ。今まであんまりしゃべったこともなかったハルオと、雪の中ではしゃぎまわれたのは、そしてあの日があんなに楽しかったのは、あのとき私たち三人とも心の奥底で同じようなことを考えていたからなのかもしれない。

今までずっとしゃべりたくて、けれどどんなふうに組み立ててしゃべればいいのかわからずに言えなかった、おばあちゃんのこと、おばあちゃんの秘密の場所のこと、テレフォンショッピングや石のこと、そのほかの言葉にならないいろいろを、もう私は言わなくてもいいのだ。言わなくてもきっと友則はわかっている。笑いすぎてだんだん吐息《といき》に変わっていくかすれ声をあげている友則の顔を見て私はそう確信していた。

終業式の前の日、休み時間の合間に私は自分の机とロッカーをぴかぴかにみがいた。昼休みは友達と離れて図書室に行き、週番のたびにいつもいいかげんに書いていた日誌をていねいに書き連ねた。最後の週番の最後の日誌は、一ページ半にも及ぶ大作になった。できるだけさりげなく、しかし一字一字選んで書いた文章は、自分で読み返しても胸を打った。

最後のホームルームも長引かずにすみ、帰り支度をしながら、今日がいつもとかわらず平凡で退屈な一日であったことに感謝をした。これからマクドナルドに行くだの丸井で買い物をするだのと騒々《そうぞう》しく教室を出ていくクラスメイト一人一人に、わざとらしくならないようにバイバイを言った。友則なんかとつきあってるようじゃ女が落ちるよね、と陰で言っていたらしい松沢も、無神経な一言を必ずつけくわえて人をいやな気持ちにさせるのに関しては天才の花田も、じゃ明日ね、と笑う顔を見たら愛《いと》しく思えた。愛しい、というのとは別の感情のような気がしたけれど、そんな言葉しか思いつかなかった。

みんなにバイバイを言ってから振り向くと、もう友則はいなかった。一緒に青春18きっぷを買いにいこうと約束したのに、きっとまた遠藤たちにむりやりどこかへひっぱっていかれたのだろう。かばんを持って男子トイレや彼らがよくたまっている部屋を捜して歩いた。

この前完璧な計画をたてた更衣室の前を通ったとき、「唐沢のパイオツ」という聞き捨てならない単語を耳にして足を止めた。数センチ開いた扉から身を隠すようにしゃがみこむ。薄汚いコンクリートの壁に耳をつけて聞いてみると、やっぱり唐沢というのは紛《まぎ》れもない私のことで、パイオツというのは間違いなく私の胸を指しているらしかった。

「やっぱさ、制服の上からじゃわかんねえよな、今冬服だし」

「夏見たときはそんなじゃなかったよな、唐沢。真部とか松沢とか目立ってたけど」

「松沢！　松沢はいい乳してるよな」

「女ってさ、半年でどのくらい乳でかくなんの？」

「そりゃ人それぞれじゃん。でさ、どんな感じだったわけ、唐沢のは」

「え、どんな感じって、わかんねえよ、さわったわけじゃないんだから」

と言うその声は、確かに、この場所で、私の隣で、すべてをわかってくれていた友則のものだった。ごやごやとかたまった声は小さくなったり大きくなったりを繰り返し、ひそひそ声に一緒に息を潜《ひそ》めると突然耳をふさぎたくなるような喚《わめ》き声が飛んできた。その中から友則の声だけを私は懸命《けんめい》に抜き取ろうとした。

「阿部はどうなんだよ、あいつやっちゃったのか、二中の女と」

「やれなかったみたい、途中までだったって」

「ええっ、途中ってどこらへんまでだよ」とうわずった声は友則のものだった。

「だれか阿部呼んでこいよ」

「もう帰ったよ。待ち合わせがあるって」

「阿部んちって両親店やってっからさ、昼間いねえんだよ。あれいいよな。だから阿部ってさ、何かっていうと自分ちに連れこむんだぜ」

「でもついてくるってことは女のほうだってそれなりの気構えがあんじゃねえの」と鼻息荒く早口で言うのは友則の声だった。

「それがさ、おかしいの、両親も兄ちゃんも昼間いないらしいんだけどさ、おむつしたじいちゃんがいんだよ、奥の部屋に。それでこの前……」

声は次第に小さくなって、ここにしゃがみこんでいるだけでは聞き取れなくなった。

立ち上がることももっと近づいて耳をそばだてることも、何一つする気が失《う》せてしまって、私はただぼんやりと、目の前に広がる水の抜かれたプールを見ていた。茶色く乾燥した葉っぱが風に流されて、底の模様を変えていた。

下駄箱で待っている私を見つけて、

「あっ、ごめんごめん。待たせちゃった？　また遠藤たちに捕まっちゃってさ、ばかの相手は疲れるよ」

と近づいてくる友則の表情はあんまりにもさっぱりしていて、さっきの声の持ち主は違う人だったんじゃないかとさえ思えた。駅に向かう途中、

「ねえ、もしいやだったら、いいんだよ、切符買わなくても」

そう言うと、

「何言ってんの。せっかく金持ってきたのに」

友則は不思議そうに私を見た。

その日の朝、こんなにこの部屋がきれいなのは、この家を新築して以来だと感心しつつ、お気に入りのワンピースをかばんに詰めこんだ。食卓には父親の食べ終えた朝食の皿と、スプーンを握るおばあちゃんと、朝のワイドショーを見ている母親の姿が

あった。何回も繰り返し見てきたその光景は淡い陽にさらされて、懐《なつ》かしいような、悲しいような、息をのんで見とれてしまう一枚の絵に似ていた。バイバイと手を振ったクラスメイトたちの表情と同じで、愛しい、とは微妙に違う、名づけようのない気持ちが一瞬私を満たした。ご飯をよそって席に着くと、胸の奥がどきどきしだして、持った箸の先が小刻みに震えていた。

「おばあちゃんがもう出かけるって言うから、途中まで一緒に行ってあげて。それからね、石とかごみとか拾ってこないのよ、もう子供じゃないんだから」

ＴＶを見ながら母親がぼんやりした声で言った。

母はかばんを持った私とリュックを背負ったおばあちゃんを玄関まで送りに出てくる。

「あの石捨てないで」

と、おばあちゃんに聞こえないようにつぶやいた。それには答えず、

「気をつけて行ってらっしゃい」とおばあちゃんに、

「英語が４になってるといいわね」と私に、

やっぱりぼんやりした声で言った。

玄関を出て、無言のままおばあちゃんと並んで歩いた。バス停に向かう曲がり角の

直前で、おばあちゃんは急にすっとんきょうな声を出した。

「いがいがのついたままの栗《くり》入れたら、このかばん、破けるかねえ」

「栗？　栗採りにいくの？　栗ってまだなってないんじゃないの。よく知らないけど」

おばあちゃんはしきりにリュックの手触りを確かめて、

「いいえ、昨日見たの。栗ご飯が食べたいって言うからさ」

「昨日見たって、盗むの？　おばあちゃん。見つかったらまた怒られちゃうよ」

「平気平気。年寄りのすることだからって、許してくれるからさ。ま、破けなけりゃね」

本当に面白そうに言い、私の背中をぽんぽんと二回叩《たた》くと、おばあちゃんはじゃあね、も言わず、私と話していたこともも う忘れてしまったように、ぷいと角を曲がって住宅街の中を歩いていった。ときどきおばあちゃんはぼけているんだかはっきりしているんだかわからなくなるときがある。栗ご飯が食べたい、の主語はだれなんだろうと考えて私も角を曲がった。

　友則と待ち合わせた駅のトイレでワンピースに着替え、一緒に学生かばんと制服をコインロッカーに詰めた。その鍵《かぎ》を燃えないごみ専用のごみ箱に捨て、私たちは顔を見合わせて笑った。電車の中はすいていて、向かい合った四人がけの席に私たちは坐り、ホームを歩く疎《まば》らな人たちを眺めた。アナウンスが入り、やかましいベルの音が響き、扉が閉まると、いよいよ私たちの終わらない遠足が始まったんだと実感した。時刻表や白い時計盤や立ち食いそば屋、過ぎ去っていくもの一つ一つを視界に入れて、もう目にすることはないのだと自分に言い聞かせた。

背の高いビルが通り過ぎていくころになってようやく、目の前の友則が妙にはしゃいでいることに気がついた。キオスクで買った漫画をぱらぱらとめくり、かと思うと突然地図を広げて鼻歌を歌い、小さな声でぼそぼそと何かつぶやいてガムを口に放り入れ、コートのポケットからウォークマンを出してイヤホンを耳にねじこみ、漫画をめくりながら足でリズムを取り、ときおりわざとらしい笑い声をあげている。彼を取り巻く空気は、遠足や運動会に向かう子供のそれとそっくり同じだった。じっと見つめている私に気がつくと友則はにっこりと笑い、ガムを差し出し、片方のイヤホンを私の耳に差しこんだ。イヤホンをつけた左側の世界だけ、騒々しいラップに占領される。友則がめくっている漫画を取りあげて、昨日、更衣室であんたたちの話していたことの主題はなんだったのか、あんたはその主題に積極的に取り組んでいたのか、訊こうかどうしようかと、切り出しかたを口の中で何回かつぶやいた。ねえ、時刻表見たらさ、あと一時間くらいで長めに停車するからさ、弁当食べようね。何弁当があるかなあ。おれ駅弁って大好きなんだ。めったに食べたことないけどさ。ちくしょう、何かお菓子買っとけばよかったなあ。右耳から流れているラップに影響されてか、ものすごい早口で友則はまくしたてた。

昼近くなって十五分停車しますとアナウンスが入ると友則は車内から飛び出していき、駅弁と缶コーヒー二本と、スナック菓子と甘栗を手に帰ってきた。発車前の静まり返った車両で向き合い、私たちはもそもそと駅弁を食べた。乗り合わせたみんなも昼食の時間なのか、あちこちからお弁当の湿ったにおいと、味を評価する話し声がゆったりと渦を巻いていた。外されて椅子に投げ出された二つのイヤホンから、金属の爪で壁をひっかき続けるような音が絶え間なく聞こえてくる。

「全部平らげちゃだめだよ」

「そうだな、腹減ってるほうがいいんだもんな。でもうまいなこれ」

「今ごろ大掃除だね」

「あいつらかわいそう！　大掃除終えて成績表！　かわいそう！」

友則はご飯粒を飛ばしながら大きな声をあげた。

「友則、楽しそうだね」

「そりゃ楽しいよ。実を言うとね、おまえと話してこうするってこと決めてから、おれずうっと楽しいの。今だって、おれ、怖いとか全然思わないの。前何度も死ぬ練習してたから。ぜんそくのときね、息が苦しくなってきて意識が遠くなってくると、死んでいくのを自分で演じるの。昔取ったきねづかってやつかな。楽しくないの？」

「ねえ、きっとこの電車の中の人、だれも私たちがこれから死んじゃうなんて思わないだろうね」

「絶対思わねえよ」友則は抑《おさ》えた声で笑い、「だって消極的な自殺じゃないもん。積極的な自殺だもんね」と得意げな顔で続けた。

さっき訊こうと思っていた昨日のこと、もう訊かなくても、そんなことどうでもいいや。友則の表情を見て思った。

かなり長いトンネルを抜けて、雪をかぶった砂糖菓子のような山々が現われると友則のはしゃぎようは頂点に達し、きゃあきゃあと甲高《かんだか》い声をあげて喜んだ。挙句《あげく》の果てに、

「なあ、どうせだったらどっかに一泊ぐらいしねえ？　今日だって明日だっておんなじじゃん。温泉っておれ入ったことないんだよな。どっか露天風呂のあるとこでさ、しかも混浴でさ、なあ混浴って本当に男と女と一緒に入ると思う？　女って水着で入

ったりするんじゃねえかなあ。安いとこ捜してさあ、一泊しようぜ、もし金足りなかったら、おまえがシングルにチェックインして、おれ夜こっそり忍びこむからさあ」と言い出した。窓に両手をはりつけて表を眺め、自分の息で窓ガラスが曇ったのに気づいてそこにいたずら描きを始める友則の姿を私は黙ったまま見つめた。ずうっと泣き続けていたのが急に泣き止んで、自分の股間を見つめて立ち小便をする友則の姿がいやに鮮明に頭の中を横切っていった。黙りこんで何も言わなくなった私に気づきもせず、甘栗の皮を床に落として、友則は温泉、混浴、旅館の浴衣《ゆかた》、夕飯、観光名所、と次々と話題を変えて話し続ける。しばらくしてさすがに一言も言わない私に気づいたのか、ていねいに皮をむいた栗の実を掌にのせて、

「はい。きれいにむけたよ」

と笑顔で差し出した。友則の白い手に薄い影を作っている丸い実をつまみ上げ、食べようかどうしようか一瞬考えてから、前歯で噛んだ。ひんやりした栗の味が口の中に広がった。私はそれを、ゆっくりゆっくり噛んだ。友則は満足そうに笑い、ウォークマンのイヤホンをはめて、床に落ちた栗の皮をじゃりじゃりと踏んでリズムを取った。

遠くに見える雪の白だけを残して窓の外は次第に色を変え始めた。柔らかい夕日があたる雪山は、何か温かくておいしい食べ物みたいだった。私のじっと見つめるその

光景に気づくと、友則は話をやめて同じ方向を目で追った。私たちはしばらく黙って雪面を削るように落ちていく夕日を眺めた。暖房がききすぎた車両の中で、友則の頰《ほお》も同じようにうっすらと色をつけていた。

窓の下にどす黒い闇が広がり、それが海だとわかった瞬間、私は友則の耳からイヤホンをひっこぬいた。

「次の駅で降りよう」

そう言うと友則はきょとんとして、

「え？　終点まで行くんじゃないの？　次、なんていう駅？」

と訊く。

「わかんないけど、海があるよ。私海が見たい。ね、どこで降りたってもうおんなじだよ。降りようよ、ね」

いいけど、となんだかつまらなそうにつぶやいて、友則は駅弁の空箱や栗の皮をかたづけ始める。このまま友則のペースでいったら、私たちがいつも繰り返してきたただの遠足になりそうでいらいらしていた。じゃ一日だけと宿を選んで、温泉につかって、こっそり買った缶ビールを飲んで、どきどきして寝て、そんなことをしているうちに数日前から私が大事に抱えてきた今の気持ちはしぼんでいくような気がした。

ひっそりと人気のない駅に降り立ったのは、私たち二人だけだった。蛍光灯《けいこうとう》の明りを引きずって電車が行ってしまうと、ぬくもりをすべて持っていかれたように寒かった。駅を出て、友則はジュース販売機の明るい光につられてそちらへ駆け出していく。私も慌ててあとを追った。小銭を滑《すべ》りこませようとしている友則の手を止めて、

「そうじゃないでしょ、こっちでしょ」

隣に並んでいるアルコールの販売機を指した。

「ああ、そっか」

とは言ったものの、友則は販売機のＨＯＴの文字を恨めしそうに見つめている。

あるだけの小銭でビールや日本酒を買って、あてもなく私たちは歩き始めた。さすがにあれだけしゃべりまくっていた友則も口を閉ざし、私の右手をしっかりと握りしめる。さっき取り出した缶ビールに負けないくらい、その手は冷たかった。口をしっかり閉じていても、口の中で歯は小刻みに震えている。ハルタの靴《くつ》の中で、つま先にだんだん感覚がなくなっていくのがわかった。今まで経験した中でもかなりつらい状況なのに私はうれしかった。自分で決めたことを着々と実現させ、今この知らない土地を歩いているのは夢ではないのだ。友則も同じことを考えていたのか、私たちは顔を見合わせ、歯をがちがち鳴らしながら笑った。

冷たい空気の中にだんだん潮の香りが混ざってきて、私たちはそっちに向かってただ歩いた。ときどき思い出したようにおたがいを見て笑い合った。

ぽつりぽつりと照らす街灯だけで、どこをどう歩いているのかさっぱりわからなかったが、ベンチとくずかごが並んでいるところを見ると、私たちは展望台に来たみたいだった。あるいは、展望台に向かう途中の休憩所だろうか。何も言わず私たちはそのベンチに腰かけた。坐ってじっとしていると余計に寒く感じられた。ぱっくりと口を開くように広がった暗い海に、細く白い波が見えた。遠くのほうでは街の明りなのか漁船なのか、小さな光が一直線に並んでいた。ビールのプルタブを開けると、勢いよく飛び出した泡が私の指を濡《ぬ》らした。歯がぶつかってうまく飲めなかったけれど、苦いだけの液体を私は喉に流しこんだ。その様子をじっと見ていた友則も真似《まね》をする。

「目的は雪山だったんだけどな」

友則がつぶやく。

「だって海が見たかったんだもん。それに雪山じゃなくたって、こんだけ寒けりゃ大丈夫だよ」

「じゃあさ、ここで寝るの？」

「こんなところやだよ。酔っ払ったらあんまり寒いの感じなくなるかなって思って飲んでるだけ」

「なあ」と言ったまま友則は踏み鳴らしている自分の足を見つめ、数分たってからようやく続けた。「寒い思いするだけで、死ねなかったら超情けねえな」

「うん。超情けねえ」

そのまま私たちは黙りこんだ。歯が噛み合わさる音だけが、ばかに陽気に響いた。残りのビールを一気に口に含んで、もう一缶開ける。友則も急いで同じことをする。これから死ぬ、というよりも、ただ二人で我慢大会をしているような気がしてきて、思わず笑い声をあげた。

「あっちの海のほうに下りていってみようよ。あそこでさ、コート脱いで、二人でうずくまってればいいんじゃないかなあ。いざとなったら海に入れるし」

友則も笑いながら、そうだな、そうしようぜ、と大声で答えた。飲み干した空き缶を投げ捨て、立ち上がって歩き始めた。数歩進むと、寒さは和《やわ》らがなかったが、足元が軽いような揺れているような感じがした。友則としっかり手をつないで、何度も転び、そのたびに声をあげて笑い、海に向かって歩いた。転んで肘《ひじ》やお尻を打ってもちっとも痛くなくて、ただただおかしかった。公園を占領してやった雪合戦のときみたいだった。最後のときをこんなに笑い続けて過ごせるなんて自分はなんて幸せなんだろうと思うと、また笑いがこみあげてきた。

あたりはごつごつした岩場が広がり、滑る岩の上を両手両足を使って歩き、二人が坐れる場所を捜した。友則は気持ち悪いと連発しながら笑い続けていた。

一つの岩に並んで腰かけ、コートを脱ぎ、残っていた日本酒を二人で飲んだ。今まで一番楽しかったことだの、今まで見た中で一番美しい光景だの、最後を飾るにふさわしい会話をしたかったのだけれど、何も思いつかず、私と友則はぴったりと寄り添ってときおり意味のない笑い声をあげた。

「おれ、最後に一つ、どうしてもやりたいことがあるんだけど」

笑い声がおさまるころ、友則は急に真面目《まじめ》な声を出した。

「何？　最後だから、やりたいことは、やっておいたほうがいいよ。何がやりたいの？」

言い終わらないうちに友則は顔を近づけてきて、私の唇の上に唇を重ねた。けれど私たちの唇は両方とも、もはやどこかのねじが壊《こわ》れてしまったと思えるほど震えていて、それはキスというよりも、餌《えさ》をついばんでいる鶏《にわとり》があやまって別の鶏の口をつついてしまった、そんなようなものだった。しかも友則の口は酒臭く、唇を離そうと思っても彼はがっしりと私の首根っこをつかんで離さない。彼には彼の考えがあるらしく、酒臭さにもぶつかり合う歯と歯茎にも屈せず、生温かい舌を差しこんでくる。指先も頬もまつげまでも冷たい中で、それは妙に生ぬるくて、しっかりと生きている、その意志のかたまりが私の口の中にだけ存在しているみたいだった。気持ち悪くてたまらず、さっき一息に飲み干したアルコールが喉の手前までこみあげてくるのがわかった。わざとそうしているわけではないのだが、私の歯は友則の舌を小刻みに噛み続け、それでも舌を引っこめずに口の中を舐《な》め尽くすように動かす友則の根性に感心せざるをえなかった。

ようやく友則は唇を離し、私たちは抜歯のあとのようにぐったりとおたがいを見つめ合った。友則も私も口のまわりが唾液で濡れていて、今まで暖かかったそこだけ妙に冷たく感じた。

「おれ、もう思い残すことないよ」

友則は自分の施《ほどこ》したキスに大いに満足した様子でうっとりとそう言ったが、私はとてもそんな気分ではなかった。いつだったか更衣室で感じた一体感、私たちはただの魂になって寄り添い合っているような感覚が急激に失われていった。そうだった。あのときだって、思わず抱き合った瞬間、私は自分の腕の抱いているものを友則の身体を抜け出した魂だと感じていたのに、友則はそうしながらも私の胸のふくらみを感じ、その大きさを測っていたのだ。電車の中で友則が差し出した甘栗が目の前をよぎった。そして彼の足元に落ちた茶色い皮も。口の中がぬらぬらと気持ち悪かった。大きく口を開けて、白い息を何度も吐いたが、ねじこまれた生温かい感触は消え去らなかった。

「私、ちょっと気持ち悪いから、口ゆすいでくる」

そう言い残して私は海に向かった。

「待てよ、危ないよ、一緒に行ってやるよ」

友則の声が後ろで聞こえた。いい、と叫んだとたん私は転び、岩場で指を切った。痛みは全然感じないのに、赤い血がにじむ。かまわずに私は歩いた。歩きにくいので四つん這《ば》いになってとにかく先へ進んだ。かなり恰好悪いとわかっていたが、もうどうでもよかった。これから自分が何をするのか、どうしたいのか、考えることも面倒だった。

　次に足を滑らせたとき、また転ぶのかと着地点を想像したが、着地点はなかった。私は何度か岩をひっかいて、海に落ちた。あっ、ちょっととっ、と叫ぶ友則の声が遠くで聞こえた。お尻を中心に全身に鈍《にぶ》い痛みが走り、切り裂《さ》くように冷たい水の感触が私を包みこんだ。これで死んでいくのか、ああなんだか情けないなあ。ぼんやりと思う。でもどうしてこんなに呼吸が楽なんだろう。そっと目を開けると、私は海に落ちたのではないことがわかった。岩の間に海の水がたまり、小さな池状になっているところへ落ちたらしく、胸から下だけそこへはまった状態で大きな水溜りの中に坐りこんでいた。見上げると私が落ちた岩は一メートルの高さもなかった。友則は慌てて自分もそこへ飛び下りてきて、ぼんやりと坐っている私を引きずり上げようとする。

「大丈夫？　どこか打った？　ねえ大丈夫？　一たす一、なんだかわかる？」

私の背中から両肩に腕をまわして友則はあたりに坐れるような岩を捜している。自分で立てないことはなかったが、身体のどこにも力が入らなかった。

「寒い」

「そりゃ寒いよ、おれだって寒いよ、おまえ唇真っ青だよ」

友則は動かない私を懸命に持ち上げようと力をこめる。ずるずると引きずられて靴が脱げ、足が柔らかい砂に触れるのがわかった。ワンピースが濡れてべったりと脚にはりついている。布地をふくらませている二本の脚の形を眺めながら、肩にまわしていた右の手で友則がふと私の胸をつかむのを感じた。引き上げるのに必死になって偶然右手が私の乳房に重なったのか、それともどさくさ紛れに思いついてつかんでみたのか、頭の奥のほうで考えていた。その考えは次第にぐるぐると渦を巻き始め、まとまらないまま限りなく広がっていった。こんなチャンスをもしかしてこいつはずっと待ちかまえていたんだろうか。まさかこんなときにそこまでしないだろう。新学期になったら友則は私の胸の手触りを報告するんだろうか。もうすぐ死んじゃうんだろうか。ずいぶんみっともないなあ。窓辺に置いたあの九つの石はもう捨てられただろうか。おばあちゃんはいがいがの栗をちゃんと盗めただろうか。ああ栗ご飯が食べたいのはおじいちゃんだったのか。しわくちゃな手でぎゅっと握った一番きれいな石もおじいちゃんへのおみやげだったのか。空から降ってくるように次々と頭をかすめていくささやきに私はただ耳を傾けていた。友則の右手は胸から離れまた肩にまわり、そしてもう一度遠慮がちに胸に置かれた。

　私たちはぬるぬるした岩に腰かけ、友則は自分のコートをがたがた震え続ける私にかけて背中をさすり始める。彼の手の感触はなかったが、さっきその手がつかんだ右の乳房は光をあてられているように熱かった。握りしめていた自分の手をそっと開くと、黒っぽい砂の間から薄いピンクの貝殻《かいがら》が転げ落ちた。この貝殻をおばあちゃんにあげよう、どこへ行っていたのかは秘密だと言ってあの部屋へ持っていこう、まとまらず広がるばかりだった頭の中はそう思ったとたんにぴたりと静かになった。鼻の奥がつんとして、涙も出ていないのに私はしゃくりあげた。声をあげていると寒さが薄らいでいく気がして、私は大声をあげて泣いた。友則が一生懸命何か話しかけているが、その声も私の吠《ほ》えるような泣き声に消された。そうしていると自分の中の何かがするするとほどけていくようにも思えた。泣き声をあげ続け、背中を行き来する友則の掌が感じられるようになってようやく、右目から涙が一粒流れた。

放課後のフランケンシュタイン

体育の時間はマラソンだったので腹痛がすると授業を抜け出して二号館の屋上に上がり、体操着はなんだってこんなにダサいのだろう、十四にもなってブルマーをはかされるなんて拷問《ごうもん》のようだととりとめもなく考えて、汚れたコンクリートに横たわっていた。遠くにグラウンドが見え、クラスメイトたちが頭のおかしいねずみみたいに四角いグラウンドを丸く走っている。夏休みが始まる前まで、この位置からでも見分けることができたカンダの姿はもう見当たらない。五歩足を踏み出すごとに眼鏡を懸《けん》命《めい》にずり上げ、だれもカンダのことなんか見ていないのにおどおどとまわりを窺《うかが》いながら走る姿を、今朝見たテレビのニュースキャスターより鮮明に思い出すことができる。その姿をなんとなく思い起こしていると、あのにおいまで漂《ただよ》ってくる気がして私は大きく息を吐《は》いた。彼女特有の、腐《くさ》った果実みたいな正体不明のにおい。あのにおいはいったいなんだったんだろう？　下着を取り替えないのか？　髪を洗わないのか？　朝ごはんに何か変なものを食べているのか？　でももうカンダはいないのだ。もしかしたらもう一生、あのにおいも嗅《か》ぐことはなく、あのにおいの正体を知ることもないのだ。私はいらいらと爪《つめ》を噛《か》んだ。

女子だけの中学に上がって、一通りクラスの顔がわかるようになってから私が最初に夢中になったことは、クラブ活動でも男の先生に憧れることでもなく、カンダをいじめることだった。どうしてカンダを選んだのかもう覚えていないけれど、自分の中に電熱器のような装置があることを彼女によって私は知った。カンダが歩いていてもお弁当を食べていても、ただそこに坐《すわ》っているだけでも、その姿が視界に入ればその電熱器は耐えがたいほど熱くなって彼女に何かせずにはいられなくなり、散々いじめ尽くすと電熱器はゆっくりと熱を放出していくのだった。二年に上がっても私たちは同じクラスだった。彼女は私から隠れようとしていたみたいだが、私はどんな遠くからでもカンダを見つけることができた。登下校のときも、全クラス合同のホームルームのときも、春の遠足のときも、チャペルでの礼拝のときも。カンダは警報を鳴らして歩いているようにどんなにはなれたところにいてもオーラみたいなものを送ってきて、電熱器のスイッチに手を伸ばすのだった。

直接さわるのがいやなのでわざわざ軍手をはめて上履《うわば》きも革靴《かわぐつ》も捨てたし、ペンケースをトイレに捨てて拾ってこさせたし、カンダのブルマーを黒板に貼《は》りつけたこともあったし、トイレの水につけたポッキーをむりやり食べさせたし、みんなに聞こえるような声で「あんたってワキガ持ちなの？　臭くてお弁当が食べられない」と叫《さけ》んだし、あとは何をやったんだか、もう覚えていないくらい意地悪をした。ほかの人を扇動《せんどう》した覚えはなかったのに、いつの間にかクラス全員が彼女をいじめ始めて、そのときの団結力は目を見張るものがあった。私よりも独創的なやり方でいじめているクラスメイトもいて、そんなとき出番のない私は黙って見ていたのだが、かえってそれは迷惑だった。自分の手で何かしなければ私の中の電熱器は熱をためこんだままだった。まわりの多くの子たちみたいに、一人がいじめるのを見て手を叩《たた》いて笑ってすっきりすることはできなかった。

カンダは何をされても決して泣かなくて、ただ顔を赤くして、私の胸のあたりにおどおどした視線を向ける。目はおどおどしているのにこっちを向いた顔がどこかふてぶてしい。騒ぎになるから手を上げたことはなかったが、そんなカンダを見ていると、いらだちも加わって私の熱は頂点に達し、そのにきびだらけの頬《ほお》やぷくっとふくれた顎《あご》を殴《なぐ》りつけたくてうずうずした。殴りつけて蹴《け》りを入れて唾《つば》を吐きかけたらどんなにか気持ちいいだろうと、何度も想像したものだった。

カンダは私に殴られる前に学校からいなくなった。父親の仕事の都合で急に九州に行くことになり、夏休みの間に転校していったと、新学期になって担任が告げた。あの女の顔をもう二度と見なくてもいいんだとほっとするのと同時に、身体じゅうから力が抜けていくような気がした。先生が出ていくとクラスメイトはせいせいしたよねと、けろっとした顔で話しかけてきた。あの女臭かったもんね、なんだか気持ち悪かったよね、と口々に言っていた。私はそれに答えずあいまいに笑った。

そしてばらばらとグラウンドを走り続けるクラスメイトの中にカンダの姿はない。私の電熱器はコンセントから外されてがらくたみたいに転《ころ》がっている。チャイムが鳴り響く。甲高《かんだか》い笛《ふえ》の音が聞こえる。まだ色を変えない銀杏《いちょう》の葉が拍手を送るようにひるがえる中、クラスメイトたちは走り終えて列を作る。私は屋上をあとにした。

ホームルームが終わって教室を出るときカナコとぶつかった。カナコは蚊《か》の鳴くような声で「ごめんなさい」と言い、こわごわと私を見上げるその表情の中に私は一瞬カンダを見た。とっさに私はカナコの足を思いきり踏みつけていた。カナコは驚いた表情でびくびくした目を私に向ける。

「足、痛い、踏んでるわ」

うつむいてカナコは言う。どんなふうに出しているのかカナコは鼻にかかった舌足らずの声でしゃべる。足を離すとカナコは赤い顔をして私の傍《そば》を通り過ぎていく。

「早く行こうよ」

とマナちゃんに言われ、私は教室を出た。

ドーナツを食べながらマナちゃんが近所の男子高校の文化祭の日程を説明している間、私はずっとカナコのことを考えていた。といっても二年になって同じクラスになったカナコの印象はほとんどない。名字も出席番号も思い出せない。名前を知っているのはときどきカンダと一緒にいたからだ。カンダはものすごくうれしそうな、正月を迎えたおばさんみたいな顔で彼女を「カナコさん」と呼んでいた。きっと本能的に、私たちから守ってくれないにしても彼女だけは敵ではないことを知っていたんだろう。

「じゃあS校はやめてY校に行こうね。大勢で行ったほうが楽しいよね、あ、でもユリエは誘うのやめよう。あいつ男のことだと見境ないんだもん」

マナちゃんはつるりとした顔を向けて、油を飲んだようにぬるぬると輝く唇《くちびる》を横に伸ばして笑った。

朝だれよりも早く学校に着いた。窓から線を描いて差しこむ陽に、きちんと並んでいる机が照らされている。自分の席に坐りパンを噛《かじ》りながらカナコの机をじっと見つめた。薄く塗られたニスが金色に光り、片方のフックにはピンク色の手提《てさ》げ袋がぶら下がっている。そっとその机に近づき、食べかけのパンを思いきりなすりつけた。ピーナツバターがはみ出して机の上を黄土色に汚す。まだだれも来そうにないのを確かめて机の上に上がり、上履きでパンをすりつぶした。汚れた靴の裏をピンク色の手提げ袋で拭《ぬぐ》う。そのままトイレに走りこみ、勢いよく水を流して手を洗った。鏡に映る私は頰を赤らめて明らかに興奮し、目を輝かせている。熱した油に落としたパン粉のようにふつふつと笑いがこみ上げてくる。笑いをこらえて水滴を鏡に飛ばし、中庭に行って牛乳を飲んだ。芝生はまだ湿っていたが気持ちがよかった。玄関ホールから出てくるクラスメイトたちが私を見つけておはようと手を振る。私も大きく手を振り返す。

チャイムが鳴り教室に行くと、カナコが真っ赤な顔をしてティッシュで机を拭《ふ》いていた。だれもそんなカナコに気づく人はいない。思い思いに手鏡を見たり、今日発売の雑誌を広げて影のない夏の道に似た笑い声を朝日の中に響かせている。自分の席からカナコの後ろ姿をじっと見つめた。先生が入ってきてみんながたがたと席に着く。その瞬間カナコは私を振り向いた。あなたがやったって知っているのよと言いたげな表情と、いじめられた子犬のような悲しげな表情を微妙に取り混ぜて私を見ていた。それはカンダの顔だった。上履きや体操着がなくなったとき、カンダはいつもそうやってちらりと私を見ていたのだ。私は起立をするのも忘れてカナコをにらみ返し、先生に名前を呼ばれて急いで立ち上がった。

一時間目の間じゅう、カナコに何をしてやろうかと考えてシャーペンの芯《しん》を何度も折った。耳たぶが熱くなり、その熱が顔全体に広がっていくのがわかった。

二時間目は移動教室だった。一緒に行こうと誘うマナちゃんたちを先に行かせ、週番のミヤモトに「私ドーナツ食べてから行くから」と鍵《かぎ》を借り、だれもいなくなった教室でカナコのかばんの中を探った。色の薄くなったミッキーマウスのハンカチに包んであるお弁当を取り出して蓋《ふた》を開けた。ココッケやカリフラワーが少し斜《なな》めに寄っている。まだほんのり温かいお弁当から立ち上るにおいは、気のせいかカンダを思い出させた。ごみ箱に中身をぶちまけ、空《から》のお弁当箱をまた包んでかばんに戻す。もっとほかに何かしようと机の中をあさり始めたときチャイムが鳴り、私は大急ぎで鍵をかけて生物室に走った。

昼休み、私は自分のお弁当を広げるのも忘れカナコを観察した。カナコとカンダはいつも二人グループを作ってお弁当を食べていたが、二学期からは彼女は一人で食べている。一人でお弁当箱を開けて、また顔を赤らめてまわりを見渡している。こちらを振り向く直前に私はマナちゃんに話しかけた。

「ねえ今日の帰り買い物行かない」

「いいけど、あたし今日はお金持ってないよ」

「見るだけだっていいじゃん。リカちんも行く？」

「私欲しいワンピースあるんだ、見せてあげるよ」

話しながら頰のあたりにカナコの視線を感じる。やっぱり私が犯人だと疑っているに違いない。どうしたの、と、よせばいいのにクラス委員のヤマカワがカナコに訊《き》いている。

「ええっ、お弁当が空なのお？　お母さん、入れ忘れたんじゃないの？」

ヤマカワがあんまりのんきな声で笑っているので、私もつい噴き出してしまった。中身入れ忘れて空のお弁当箱持たせる母親がどこにいるよ。

「ちょっとぉ、いまご飯粒飛ばしたよぉ」

「ごめんごめん」

謝《あやま》りながら口の中のものを飲みこむのに苦労した。

「それともだれか食べちゃったのかなあ。だれか、カナコさんのお弁当、知りませんかあ？」

一応クラス委員だという自負でも持っているのか、ヤマカワは本気で捜し出す気もないくせにクラスじゅうに声をかける。あちこちでグループを作っていた女の子たちはふと話をやめ、くすくすと笑い始める。その中でミヤモトが笑いながら私をじっと見ていた。移動教室のとき鍵を借りたのは私だけなのだから、ミヤモトはきっと私がやったと知っている。私はミヤモトから目をそらし、雑誌をめくりながらお弁当を食べ続けた。

五時間目の英語が終わり、先生が教室を出ていったのを見送ってごみ箱に紙屑《かみくず》を捨てにいった。

「ちょっとぉ、臭い臭いと思ったらこんなところに生ごみが入ってるよお。カナコさん、お弁当自分で捨てたんじゃないの？　そりゃ捨てたくなるよねえ、すっごいにおい」

クラスじゅうが動きを止めて私を見ている。あちこちで笑い声が漏《も》れる。

「だからかあ。五時間目の間じゅう、なんかにおってたもんねえ」

カンダのときも一番独創的な手法でいじめていたササハラがすぐ答える。

「なんだ、捨てちゃったのお」

のんきなヤマカワの声でクラス全員が笑い転げる。

「ねえこれ捨ててきてよ、臭くて授業受けられないよ。ちゃんとお母さんに謝って捨てんのよ」

ごみ箱をカナコの机の上にどすんとのせた。カナコは瀕死《ひんし》の青虫みたいにもぞもぞ唇を動かしてじっと私の胸のあたりを見ていたが、ごみ箱を抱えてぐずぐずと教室を出ていった。その後ろ姿を思いきり蹴飛ばしてみたいという衝動を抑えながら私はカナコを見送った。

　カンダのときもそうだったけれど、だれか一人がいちじるしくいじめられている場合、クラスは三つくらいに分かれる。待っていたとばかり一緒になっていじめるグループと、関係ないふうを装《よそお》い黙って眺《なが》めながらもつい笑い声を漏らしてしまうグループと、あとはやおら正義感を煮えたぎらせて「可哀相じゃないのやめなさいよッ」と言い出す限りなく少人数グループ。けれど私が率先していじめている場合、第三の正義感グループは現われない。そうやって私のいじめのマトになるのがいやなんだと思う。

　カンダがいなくなってから、だらだらといつまでも続く残暑も手伝って、なんとなく嚙み終えたあとのガムみたいに覇気《はき》のなかったクラスに活気が戻るのに時間はかからなかった。クラスをまとめあげ活気を持たそうなんて心構えはさらさらないのだけれど、それはカナコいじめの副産物のようなもので、その点では私もクラスのために貢献しているのかなと思うときもある。クラスは決して個人プレーを許さない。私がいじめたらみんなもいじめなければ気がすまない。カンダの陰でみんなに存在を知られていなかったカナコは今やクラスのトップスターだった。そしてときおりあのカンダがいじめられたときに浮かべるのとそっくり同じ表情を見せた。私の中の電熱器はコンセントに再びプラグを突っこみ、フル稼働を始めた。カナコは体操着も新しくし、上履きも買い、ペンケースも買い、手提げ袋も液体のしみこまない革製に変えた。ペンケースと手提げ袋は私だけど、あとはだれかが勝手にやっていた。カナコはロッカーに鍵をつけて、教室へ入ってくるとすべての荷物をロッカーに入れるようになった。だから移動教室のときもロッカーの鍵をかちゃかちゃかちゃやっていて、何回も教室に閉じこめられたのに（この学校の教室のドアは中からも外からも鍵は開けられない）それでもものがなくなるよりはよっぽどいいのか、ロッカー作戦はやめない。壊《こわ》しても壊しても新しい鍵をつけている。

　カナコが入ったトイレに水をぶちまけたことがある。中からびしょぬれで出てきたカナコは、水道の前に立ちふさがる私を見上げた。そのときは私の胸のあたりに視線をさまよわせることはなく、しっかりと私の目を見た。一言何か言ってやろうと思っていたのに思わず言葉を飲みこんでしまったほど、変な表情をカナコは浮かべていた。

そしてゆっくりと手を洗い、ぽたぽたと水滴を落として教室に戻っていった。その表情はどこかで見たことがあった。どこで見たんだろうと次の時間の間じゅう考えたが、全然思い出せなくていらいらした。もう一度あの表情を浮かべないかとカナコの背中を凝視《ぎょうし》していると、気配を感じたのかカナコはおそるおそる私のほうを振り向き、そのちょっと赤らんだ顔からはあの表情は消えて、いつものおどおどした顔つきになっていた。

モスグリーンのカーテンをひるがえらせていた風はついこの間まで心地よかったのに、急に肌を刺すように冷たくなって、二日間風邪を引いて寝こんだ。寝ている間ずっと私はカナコに今度は何をしようか考えていたのだが、こうしている間にもほかのだれかがカナコをいじめているのだと思うと、じりじりしてティッシュの箱を思いきり壁《かべ》に向かって投げつけた。

風邪が治った日は冬服に替わる日だった。二日ぶりに行った教室は、みんな冬服をまとっているからではなく、なんとなく雰囲気《ふんいき》が変わっていた。

「今年の風邪はつらいよ。上から下からぴーぴーだよ」

隣の席のヒロエちゃんにふざけて言うと、彼女は無視して雑誌をめくっている。聞こえなかったのかと、

「ねえ、聞いてる？　今年の風邪はつらいんだよ、上から下から……」

と繰り返しても、彼女は雑誌に目を落としたままで何も答えない。なんだか自分が阿《あ》呆《ほう》になったような気がしてマナちゃんを捜した。彼女は窓際でシュークリームを頬張っていた。

「ちょっと聞いてよ、ヒロブーのやつ公然と無視したんだよ、今」

「もう先生来るよ」

マナちゃんは答えてくれたけど、どこかそっけなかった。席に着く前にちらりと私を見て、

「ホームルーム終わったら焼却炉《しょうきゃくろ》のところに来て」

と耳打ちして席に戻った。

チャイムが鳴ってもまだ先生が来ないので、私は後ろの席のササハラを振り向いて話しかけた。

「ねえ今日から冬服だから教室じゅうがナフタリンのにおいだね」

ササハラは顔を上げず爪やすりで爪を研《と》ぎ続けている。

「あっ、赤い羽根共同募金したんだね」

斜め後ろのリカちんなんかは私をにらみつけた。なるほど事態は飲みこめた。これは

中一のとき最初に私がカンダをいじめた手、集団無視である。事態は飲みこめたが、私が学校を休んでいる二日の間に何があったのかが理解できず、あれほど待ち望んだカナコの「いじめて」と言わんばかりのふくふくした背中を見ても、動揺して何も感じなかった。

カンダは転校したんじゃないらしい、と、校舎の裏の焼却炉のところでマナちゃんがなんだか居丈高《いたけだか》に教えてくれた。

「カンダはいじめられてノイローゼになったらしいよ、でもカンダ自身がそのことを隠してたから、問題にならなかったらしいんだけど。カンダは九州なんかには行ってなくて、東京の病院に通ってるんだって」

「それでなんで私が無視されるの？」

「ほかのクラスの子がそう話してるのをミヤモトが聞いてきたんだけど、そしたらササハラたちが『すごかったもんね、マリちゃんのいじめ、一年以上も』とか言い出してさ」

「何言ってんのよ、ササハラだって私の真似《まね》して結構やってたじゃん、ミヤモトだって、あいつだよ、カンダの白ジャージに赤マジックで生理のしみ描いて喜んでたの」

「だからみんな自分のせいにしたくないからマリちゃんに押しつけたかったんじゃな

いの。とりあえず最初にいじめ始めたのはマリちゃんなんだし。だからね、もうカナコのこともいじめないほうがいいよ。じゃ、あたし先行く」

マナちゃんもそれきり私とは話をしてくれなくなった。かつて私がしてきたいくつものこと、上履きを捨てたり革靴を燃やしたり机の中に生ごみを入れたり、そんなことをする人はだれもいなかったけれど、とにかく全員が私と口をきかなかった。その徹底ぶりには感心した。最初は違うクラスに行ってほかの友達とお弁当を食べていたが、次第にほかのクラスの子たちもよそよそしくなった。一人でお弁当を食べるのがみじめなので私は焼却炉の前でお弁当をもそもそと食べるようになった。焼却炉からは色の黒い煙が細く細く空に流れ、薄っぺらい雲を汚していた。真っ青な空の下でグラウンドの銀杏は葉の先を黄色く染《そ》め、空に舞い上がる金粉みたいに光を放っていた。

もちろん私のカナコいじめも休まざるをえなかった。徹底的な集団無視をされながらカナコに罵詈《ばり》雑言《ぞうごん》を浴《あ》びせたりする気骨は持ち合わせていなかった。カナコはいつの間にかクラスの中に吸収されていた。たとえば廊下《ろうか》で私とカナコがすれ違うとき、まわりにいたクラスメイトが私を見張るように動きを止めるのがわかった。まるでみんなで力を合わせてカナコを悪党から守っているようだった。自分が刑務所から脱走してきたとてつもなく凶暴《きょうぼう》な囚人《しゅうじん》のような気がして、情けなくて廊下のタイルの切れ目を見て歩いた。

約一か月私にいじめられたカナコは、クラス全員に無視され続けている私をどう思っているのか、下駄箱《げたばこ》で顔を合わせると微笑《ほほえ》んでみせたりするのだった。まわりにだれもいないのを確かめて「今日の数学は自習なんですって」とこっそり話しかけてきたりもした。私が無視されているからって、なれなれしく話しかけてくるんじゃねえ！　と心の中で叫びながら私は強く握《にぎ》りしめた右手を左手で押さえなければならなかった。まったくカナコはカンダのあとを完璧《かんぺき》に引き継いだように、どうすれば私の中の電熱器のスイッチをオンにできるのかを心得ていて、まるでわざと私を怒らせようと振る舞っているようにすら見えた。

トイレから出て私が手を洗うと、鏡の前でしゃべりあっていた女の子たちはすっと消え、がらんとしたトイレに私は一人残されて手を洗い続ける。小さな窓から太陽だけが私を避《さ》けずに入ってきて、まぬけな犬みたいに薄汚れたタイルの上に寝そべっている。化学の実験のあとかたづけを始めるといつの間にかみんな教室を出ていって、モスグリーンのカーテンがはためく薄暗い教室に私は一人残されてビーカーやらガスバーナーを一つ一つ棚《たな》に戻していく。教室で固まって話している女の子たちは私が入っていくとぴたりと話をやめ、私を中心に静まり返った教室で、ダンスを披露《ひろう》するわけにもいかないので私は一人席につく。階段を上がっていくとき、上からクラスメイトの声が聞こえると私は反射的に階段の裏へまわりこんでその薄暗いスペースでじっと息を殺した。調理実習の日は同じ班の人たちが何もやらせてくれないので、使われていない調理台の下にしゃがみこんで流しの下の戸棚を開けたり閉じたりして何十回も中のものを確認して一時間を過ごした。先生のいなくなってしまう美術の時間はベランダに出て、いつも変わりなく照らしてくれる陽の光を両腕《りょううで》に浴びた。

焼却炉の前で、黒い煙といやなにおいを嗅ぎながらお弁当を食べるときだけ私は緊張を解いた。学校という場所が、こんなに静かなところだなんて知らなかった。どこもかしこも私一人を封じこめる空洞《くうどう》を持っていた。彼女たちが近づかない、私を中心にした半径一メートル分はいつもモノクロで、驚くほど静かだった。このままこの無声映画のような世界を引きずって高等部に上がるのかと思うと、過去に戻って、この学校に受かったとき喜んだ自分も両親もハンマーで片っ端から殴り殺してやりたい気持ちになった。

夏場の飢《う》えた蚊みたいに、カナコは相変わらずさりげなさを装って私のまわりをうろつき、凶暴な囚人を押さえこんだクラスの日々は穏《おだ》やかに過ぎているようだった。たった一人、私を除いて。

永遠に続くと思われた、私の人生においてもっとも屈辱《くつじょく》的な日々は、ある日突然終わりを告げた。数えてみると、私がモノクロの世界で生きていたのは休日を除いてきっちり十五日だった。十六日目の一時間目、美術室の傍にあるじめじめした洗い場でじめじめした気持ちでパレットを洗っている私に、

「今描いてる絵、来週までなんだって。無理だよね、そんなの」

とササハラが見慣れた歯茎《はぐき》を出してさりげなく笑いかけてきた。同い歳の子の声を聞くのはものすごく久し振りに思えて、そのピンク色の歯茎でさえ愛しく思えた。

「ほんと、今年の風邪はやばいらしいね。今うち妹が風邪でさあ」

ヒロエちゃんは十五日間を無に帰すごとく私がした十五日前の話に答えた。

十六日目にいったい何が起こったのかを話してくれたのもマナちゃんで、今まで無視し続けたことをまったく忘れたように話しかけてきた。私たちは下駄箱の隅《すみ》にある販売機で温かいココアを順番に買い、甘いにおいと何百もの足のにおいを一緒に嗅ぎながら話した。

「ねえマリちゃんは、学校の帰り道とかで、変な男見たことない？」

「変な男？」

「そう。なんか一学期の終わりぐらいから、うろついてるらしいんだけど」

ココアに口をつけて考えてみる。そういう人を見たような気もするし、見なかったような気もした。

「それがどうしたの？」

「実はね、カンダが頭おかしくなったのは本当らしいんだけど、それはいじめられたからじゃなくて、学校のまわりをうろついてる変質者に何度もいたずらされてたからなんだって。あの子おとなしいから言えなくって、最後は最後までやられちゃったらしいんだ。この話は絶対内緒にしてね」

「内緒にって、そんなの犯罪じゃん」

「そうだけど、だって肝心《かんじん》のカンダはおかしくなってるし、証拠も何もないじゃないの」

「だれに聞いたの、その話」

「みんな言ってるよ。その変質者っての、坂の下にM高ってあるじゃん、あそこでは有名な話みたい。B組の子がM高の人が話してるの聞いたんだって。そしたらさあ、昨日みんなで話してたら、ほとんどの子が見かけてたのその男」

　話をさえぎるようにチャイムが響き渡り、私たちは紙コップをくずかごに投げ入れて教室に走った。

十五日間人のいない世界で暮らしていた私は浦島太郎状態で、口をきいてみるとみんながみんなその変質者の話をしていた。仲良しのだれかにできたボーイフレンドのように克明に、男の容姿は伝わっていた。身長百六十センチ強、胸板が厚く、眉毛《まゆげ》は薄くておちょぼ口、蛇《へび》のような目はどこを見ているかわからない、らしかった。

放課後の教室で、その男を見たとユリエが証言した。教室に残っていた六、七人の生徒と、掃除《そうじ》をしていた子たちがほうきやちりとりを手に、ユリエを中心に円を作って話を聞いた。

「先週かなあ、坂の下にあるファミマの雑誌コーナーで立ち読みしてたらさ、前に車が一台停まってて、その陰から、じっとこっちを見てる男がいたのね。私店から出られなくてさ、ずうっとそこにいたの、三十分以上だよ、なのにそいつずっとおんなじ位置でこっち見てたの。それでおとといその男の話聞いてさあ、まったくおんなじだよ、眉毛が薄くて目が細かったもん」

「そういえば私も変なやつにあとつけられたことがある」と言い出したのはリカちゃんで、話の中心を奪われたユリエはちょっと不服そうに彼女のほうを見る。「梅雨《つゆ》が明けたころ。坂の下から駅まで、商店街通らずに帰ったとき、ずっとあとつけられて、怖くて駅まで走ったの。そこで振り向いたらだれもいなかったけど、さっと逃げてく後ろ姿見たよ。グレイのジャンパー着て、なんか浪人生みたいなの。そのときは、浪人生ってうっぷんたまってそうだからなあ、としか思わなかったけど」

円を作っていた女の子たちはとたんにざわざわとし始める。橙色《だいだいいろ》の影を落とした薄暗い教室のどこかに、浪人生みたいな変質者が潜《ひそ》んでじっと私たちの話に聞き入っているような気がして、思わずあちこちを見まわした。床に円を作る私たちの影が長く伸びていた。

「ね、今日みんなで一緒に帰ろう」

マナちゃんの声にみんな同意する。

「じゃあ掃除が終わるまで待ってるから」とリカちんが言い、

「うんわかった、すぐ終わらせる」と掃除班のリーダーが答え、いつも一緒にお弁当を食べている子もいない子も変なまとまりを見せるのだった。

　十人以上のグループでぞろぞろと帰りながら、みんなが口をきいてくれて本当によかったと思った。もしだれも一緒に帰ってくれなかったら、坂の下付近に潜んでいる変質者の次の犠牲者《ぎせいしゃ》は私だったような気がした。こんな目にあったと伝えたくても、だれも聞いてくれなかっただろう。私たちは固まったままコンビニエンスストアに入り、めいめいお菓子やジュースを買って、全員が会計を終わらせてからまたつながって自動ドアをくぐった。

ササハラを中心にした五人のグループと、私やマナちゃんのいるグループは、その日以来いつも一緒に登下校するようになった。坂の下付近に潜んでいる変質者の話はごく最近広まったことや、その話が私たちの学校だけでなく坂の下付近を中心にした三、四の学校にも広まっていること、それだけ目撃者が多いこと、よってかなり信憑性《しんぴょうせい》があることなんかを順々に知っていった。けれど変質者を真剣に恐れて集団下校という具体的な対策をとっているのは、クラスでもササハラのグループと私たちのグループだけで、ときおりほかのグループの子が「そんなの嘘《うそ》に決まってる」と話し合っているのを聞いた。そんなときササハラはびっくりするほど真剣になって、

「嘘じゃないよ、絶対嘘じゃないよ。何人も見たって人がいるんだから。そんなこと言ってて、あんたが狙《ねら》われたって知らないからね」

と声をはりあげるのだった。

休日が明けて月曜日には、カンダが最後に襲われたのは夏休み、クラブ活動に来たときで、裏通りで破れた制服を着て泣いていたカンダをほかの中学の子が見たと、どこで聞いてきたのかだれかが言い始め、明くる日には、ほかの学校でも被害者がいて、

共通点は髪が長くて地味であることだと伝わり、水曜日になると変質者は赤いママチャリに乗っているときがある、と教えられた。

　そして木曜日の朝、ホームルームが始まる直前、今までその話を信じていなかった子たちも信じざるをえないことが起きた。あのカナコが、顔を真っ赤にして涙すら浮かべながら、

「知らない男に触られた」

と教室に駆けこんできた。窓際でおしゃべりをしたり一つの机に集まって雑誌をめくっていたクラスメイトたちはぴたりと口を閉ざしてカナコを見守った。カナコは自分の机に突っ伏して泣き出し、ササハラが少々得意げな表情を浮かべて近寄り、何があったのか話して、と優しく言い、カナコは顔をふさいだ腕の間からきれぎれに、

「遅刻しそうだったから近道を走ってきた、そしたら空き地から男が飛び出してきて胸を思いきりつかんだ、思わず声をあげたら逃げていった」

と言うのだった。ササハラも言葉を失って眉間《みけん》にしわを寄せたままカナコの傍に立っている。

「ねえその男百六十センチくらいだった？　眉毛が薄くて目が蛇みたいだった？　ねえ浪人生みたいな恰好《かっこう》してたの？」

しんと静まり返った教室に突然響き渡るユリエの必死な声はどこかおかしかったのだが、だれも笑う人はいなかった。怖くて覚えてない、と消え入るようにカナコは答えた。がらりと戸の開く音にみんないっせいに首を縮めた。先生が入ってきてみんな何も言わずに静かに自分の席に着き、いくつもの椅子《いす》を引く音が輪唱みたいに重なって教室の天井《てんじょう》に舞い上がる。それがやんでも、髪が長くて地味なカナコの鼻をすする音が陽のあたる教室でいつまでも続いていた。

その日ホームルームが終わってもクラスメイトたちはだれ一人として帰らず、教室に大きな円を作って集まった。その円の真ん中にはカナコがいた。カナコは自分にスポットライトでもあてられているように頰を紅潮させてうつむいている。おどおどと落ち着きなく動き続けるカナコの目は、みんなが自分に注目し、みんなが自分の一挙手一投足を見守っていることを充分承知しているように思え、胸が悪くなった。マナちゃんもユリエも帰ろうとしないので、私はしぶしぶ円のはじっこに突っ立っていた。

「近道ってファミマの裏通って来たってこと?」

「その男はどっから現われたの?」

「どんな恰好していたの?」

「どんな顔だったか思い出せない?」

テレビでよく見る記者会見みたいに次々と円の中から質問があふれだす。うつむいたカナコがかさついた唇を開くとそれを合図にみんな黙りこんだ。

「多分、その男は、あの空き地の草むらに潜んでいたんだと思う」

静まり返った教室に、カナコの舌足らずの声が細く響く。

「背は、そんなに高くなかったように思うわ。それから……目が細くて、口を尖《とが》らせたようにして……」

彼女を囲む円にひそひそ声が広がっていく。興奮しているのか、カナコの耳たぶが徐々に赤みを帯びてくる。本当に気分が悪くなり、酸《す》っぱいものが胃のあたりからこみ上げてきて、私は音をたてないように注意して唾を飲み下す。

「そうだ、私思わず声あげてしゃがみこんだんだけれど、その男、近くに投げ捨てたみたいに置いてあった自転車に乗って逃げたのよ。たしか、赤い自転車だったと思うわ……」

ふいに中庭のほうから布を裂《さ》くような笛の音が響いてきて、だれかが金切り声をあげ、それは感染して教室は黄色い声ではちきれそうになる。

「近道は、絶対にしないほうがいいと思うわ」

金切り声がおさまるのを待って、人前で話すことに慣れたのかいやに堂々とした声でカナコはゆっくりとそう言った。

たった一人で過ごした十五日間は、まるで電車の中で束の間見た悪夢みたいに消えていき、私の世界は色と音を十五日前と同じに取り戻していた。けれどその世界は完璧に元どおりにはならなかった。私たちの会話は変質者を中心にくるくるとまわり、次第に「変質者」という言葉は実体を抜け出して黒い大きな影を作り、私たちの行く場所歩く通路に漂っているようだった。そして何よりも私は学校がどんなに隙間《すきま》を持った場所か十五日間のうちに知っていた。階段の裏に、薄暗い美術室の洗い場に、調理台の下に、音楽室のカーテンの向こうに暗闇《くらやみ》があって、その一つ一つが、存在を知っている私に意思表示をしている気がした。ここにだれか隠れているのだと。ここからおまえの腕を引っ張ることもできるのだと。今にも私をつかむかもしれないその腕は、人間のそれというよりも、もっと冷たくどろりとした「人間の腕のような何か」をイメージさせた。なんだか薄気味悪くて、一人で体育をさぼって屋上に行くことはできなくなったし、今まで一人で歩くことのできた廊下も美術室の通路も必ずだれかと歩くようになった。トイレに行くのも忘れ物を取りにほかの教室に行くのもだれかと一緒だった。

胸をつかまれた一件以来カナコの背中が微妙に変わったことを、日課のように彼女の後ろ姿を凝視していた私は見逃さなかった。具体的に何が変わったわけではない。カナコは以前と同じように無口で目立たなかったし、一人でお弁当を食べ、一人で教室を移動していた。けれど以前は池に映った月のように、石を投げ込めばすぐにもぐちゃぐちゃに形を歪《ゆが》めそうだったその後ろ姿は、今や空にはりついた満月を思わせた。思いきり石を投げても届かず、寄りそうようにぴたりとあとを追ってきて、私たちを見下ろしている、そんな満月を私は何度も連想した。彼女はときどき思い出したように、

「私気になってカンダさんの家に電話をしてみたの」

と言い出したりした。それはひどく小さな声だったが、必ずクラスじゅうに聞こえるような絶妙なタイミングを選んで言うのだった。クラスメイトはまた彼女のもとに集まり、カナコは全員が充分まわりを取り囲んで耳を澄ませるのを待って、

「でも何度かけてもだれも出ないのよ。おうちの方、だれ一人出ないのよ」

と消え入るようにつぶやいて、緊張の混じったみんなのため息を浴びていた。

それからカナコは私のまわりを執拗《しつよう》にうろつくようになった。私が週番のときは早く鍵をかけてほかの教室へ行きたいのに、一人ぐずぐずと教室で机の中を掻《か》きまわし

て「ごめんなさい、ごめんなさい」と謝ったり、トイレからマナちゃんと話しながら出ていくと狙いすましたみたいに私に体当たりしてきて、「ごめんなさい」を繰り返す。そのときばかりは堂々とし始めた背中は消え失《う》せ、以前と変わらないおどおどしたカナコに戻っている。足を思いきり踏みつけてやるとか、トイレットペーパーを力いっぱいぶつけてやるとか、濡《ぬ》れた手をスカートになすりつけるとか、こっちから彼女にぶつかっていってペンケースを踏み壊してやるとか、そのたびに私の脳は「こうしろ」と信号を送ってくるのだが、実際に行動に移すことはどうしてもできなかった。カナコはまるで私を試しているようだった。その顔つきも態度もまるで私の前でだけ演技をしているようで、「みんなが忘れても、私はあなたがハジかれていた十五日間を忘れない」と言っているようにも、「もう私のことをいじめたりなんてできないでしょう」と挑発しているようにも見えた。私は手を出せないまま、マナちゃんやほかの子たちと群れになって歩き、彼女の後ろ姿をいつもにらみつけていた。

カナコは胸をつかまれたと泣いていたにもかかわらず、登下校も一人だった。もし今度カンダのような犠牲者が出るとしたら、絶対にカナコじゃないかと口には出さないが私は考えた。それは手を出せない私には幾分気持ちの晴れる考えではあったけれど、同時にそんなことになったら悔《くや》しくて夜も眠れないんじゃないかと思った。つまり、見ず知らずの男がまた私の電熱器のプラグを引っこ抜いてしまうのは許しがたいことに思えるのだった。

放課後、風邪で休んだとき行なわれたらしい小テストの再試を受けて教室に戻ると、待っていてくれると約束したはずのマナちゃんはいなかった。一人机に坐って、急いで帰り支度をした。私が手を止めると教室は夢の中みたいに静まり返った。そっと首を動かして教室内を見まわした。窓にはりついた外の冷たい藍色《あいいろ》を封じるように、モスグリーンのカーテンはぴったりと閉ざされて動かない。緑色の黒板には解読不可能のいくつもの消された文字の残骸《ざんがい》が並んでいる。隅に置いてある花の活《い》けていない花瓶《かびん》は蛍光灯にさらされてのっぺりと光っている。歪んだ直線を描きながら並ぶ四十の机。壁に埋めこまれた黒いスピーカーに、すべての物音とすべての騒がしさの余韻《よいん》が吸いこまれてしまったみたいだった。早くここから出なければ、明るい道を通って早く帰らなければと思っているのに、私の目は教室を一巡りするとカナコのロッカーに吸い寄せられた。

たった一つ、三つの番号を合わせて開ける鍵のついた小さなドア。足音をたてないようにそのロッカーに近寄った。何かの汁《しる》がこびりついてべたべたになっているスチール製のごみ箱の蓋を持ち、小さな鍵めがけて振り下ろす。重たい音が響き渡る。もう私の両腕は止まらなかった。少しずつ形を歪ませ始める蓋を両手に食いこませて、狂ったように鍵めがけて振り下ろし続けた。遠くで工事をしているような定期的な音が耳に届く。そんな私を、モスグリーンのカーテンの合わせ目からだれかがじっと見つめているような気がして、振り向くこともできず私は懸命にごみ箱の蓋を振り下ろした。思いきり奇声をあげたいくらい興奮しているのが自分でもわかった。

どのくらい叩き続けたのか手の感覚がなくなるころ、突然鍵は床に転がり落ちて硬《かた》い音をたてた。教室の隅に落ちていた三越デパートの袋に、ロッカーの中身を入れていく。体操着、教科書と聖書、きちんと畳《たた》んであるエプロン、古めかしい絵の漫画、紙袋に入った生理用品、絵の具箱、それらからは湿ったようなにおいがした。ロッカーの中身をすべて空にすると、私はそっと振り返った。カーテンの合わせ目はただ藍色から濃紺《のうこん》に変わった夜の空気を見せるだけで、私を見ているかもしれないだれかはどこにもいなかった。そのままかばんと紙袋を持ち、焼却炉まで走っていった。

錆《さ》びかけた大きな焼却炉の蓋を開けると、中では黒みを帯びた橙色の炎がくすぶっている。その中に紙袋ごと押し入れ、炎が次第に大きくなっていくのを確かめた。やがて紙袋を飲みこんだ焼却炉はその口の中を赤々と染め、私を包む暗闇の中で群れになった蛾《が》のように火の粉が舞い始める。明日ロッカーを開けてまた顔を赤くし、おどおどとあたりを見まわすカナコを想像すると、ひどい空腹時にハンバーガーを思いきり頰張ったような、安心感にも満足感にも似た感情が胸の中に広がっていく。冷えきった風が黄色く染まった銀杏の葉を落とし、急に変質者のことを思い出した。かばんの取っ手を強く握り、私は焼却炉をあとにした。

二号館の前を通りかけたとき、青白い光を映す生物室のカーテンの向こうに私は人影を見た。まるでカーテンの絵柄のように人形《ひとがた》が大きくはりついていた。背筋が冷たくなり急いで下駄箱まで走り出したが、気になってもう一度振り返る。カーテンは何事もなかったように青白く染まっているだけだった。そこで立ち止まってしばらく生物室の窓から目を離さずにいたが、まだ職員室に明りがともっているのを確かめて、震えている足を二号館の入り口に運んだ。

白い廊下は非常口のランプに照らされて所々を光らせ、まっすぐ延びている。突きあたりが闇に消えて、歩き続けたらどこまで行ってしまうのか一瞬わからなくなる。冷たい壁に指を這《は》わせてゆっくり生物室に近寄った。上履きがたてる靴音が闇に混じって私を取り押さえるように響く。ひんやりしたノブをつかんで、音をたてないようにまわす。数センチの隙間から中をのぞいた。非常口のランプが眠りに落ちたような教室を静かに照らしている。四角い机は墓場を連想してしまうくらい整然と並び、ランプの緑色を映すガラスケースがそれをじっと見下ろしている。人の姿はそこにはなかった。力まかせに戸を閉め、上履きのまま私は校門へ走った。車の流れの中に空車ランプを探し、急いでタクシーに飛び乗る。うわずった声で駅の名を告げ、窓の外に見慣れた商店街が流れ始めるころ、思い出したようにごみ箱の蓋を握りしめていた手が痛んだ。

明くる朝窓際に集まったクラスメイトに、私は昨日見た生物室の人影のことをひとしきり話した。視界の隅に、こちらを気にしながらロッカーの前でうろついているカナコがいた。

「生徒はだれもいなかったし、それに、もし先生だとしたらどうして電気つけないのかなって思ってさ。それに見にいったときにはだれもいなかったの。私は入り口から入ったんだから、中にいた人は非常口から出たってことじゃない？　この学校の人だったらわざわざそんなことしないよねえ？　あれだれだったんだろう」

私は夢中で話した。神妙な顔で聞き入っていたみんなは口々に怖いと声を出す。

「ねえそれってもしかしてあの男なんじゃない？」

眉間にしわを寄せてササハラが言う。

「じゃあそいつは、学校のまわりをうろついているだけじゃなくて、学校の中にも忍びこんでいるかもしれないってこと?」

「きっとそうよ」ユリエが私の腕を強くつかみながら声をあげた。「だってほら、最近になって噂《うわさ》がすごいから、みんな必ず集団で、明るい道通って帰ってるでしょ? だからそいつ帰り道じゃ手出しできなくて、ついに放課後の学校に入りこんできたんじゃないの?」

「昨日ごめんねマリちゃん、私ずっと教室で待ってたんだけどさ、なんだかだれかにじっと見られてるような気がして、怖くてたまらなくて、そのときちょうどA組のなっちゃんが通りかかったから、一緒に帰っちゃったの。ごめんねえ」

「いいよそれは。でも昨日、一人で帰り支度してたら、私もだれかにじっと見られてる気がしたんだよね」

そう言うと何人かが小さく悲鳴をあげる。チャイムが鳴り、みんな席に着き始める。自分の席に戻る途中、カナコとまたぶつかった。口の中でごめんなさいとつぶやいてカナコは上目遣いに私を見上げたが、なんだかその目は笑っているように見えた。だからその日一日、いつカナコが「ロッカーのものが全部なくなってる」と言い出すか、もしそう言い出せば昨日最後に帰った私の仕業だとみんな納得するわけで、変質者の噂が蔓延《まんえん》しているにしても「まだいじめてる」と再び集団無視を食らうかもしれず、内心びくびくしていた。しかしカナコは何も言わなかった。新しく買ったらしく礼拝の時間は真新しい聖書を持っていたし、体育の時間はほかのクラスから借りたのかちゃんと体操着を着ていた。床にはカナコの壊れた鍵がいつまでも転がっていたが、昨日私が見た人影について夢中で話し合うクラスメイトたちはだれも気づかなかった。

月曜日になるとほとんどの生徒が髪を短く切っていた。中等部の礼拝の時間、私の前には切り揃《そろ》えられたばかりのおかっぱ頭がずらりと前列まで続き、それはいささか異様な光景だった。讃美歌を歌い終えて全員が両手を合わせ頭をうなだれるとき、私たちを見下ろす壇上《だんじょう》の絵の中のイエス様は、眉毛の薄い蛇目の変質者の黒い影になっていくように思えた。チャペルから教室に戻るとき、すれ違った一年生が「二年の人が生物室で男を見たんだって」と話し合っているのを聞いた。

あちこちで変質者の噂がささやかれ、次第にもとのあまり存在感のない生徒に戻っていたカナコは、今やみんなが髪を肩より上か肩にかかるくらいまで切り揃えた中で、腰《こし》まである髪を切ろうとも隠そうともせずにいて、そういう意味で目立った。一つに束ねたつややかな黒髪をカナコがふとほどくとき、みんな無意識のうちに彼女を見つめていた。手入れの行き届いた自慢のロングヘアを思いきって肩に揃えて切ったユリエが、本当に心配しているのかあるいは嫉妬《しっと》からか、クラスじゅうに響くような声でカナコに髪を切ることをすすめていた。

「あなた男に胸つかまれたんでしょう？　男が長い髪の女を狙ってるって聞かなかったの？　ねえ切ったほうがいいよ。またすぐ伸びるんだし、男がうろついてる間だけでも我慢して切りなよ」

そうすると近くにいた生徒たちも勢い同意して、

「本当危ないよ。知ってる？　三年の人が、金曜日自転車であとつけられたんだってよ。二人組で帰ったらしいんだけど、ゆっくりゆっくりペダルこぐ音が聞こえて、怖くなって走り出したらものすごい勢いで自転車がついてきたって」

「私もS女の人が話してるの聞いたよう。何もされなかったらしいけど、ほらあんたが胸触られたっていう空き地で、男がぼうっと立ってその子のこと見てたんだって」

「やだあ、怖いねえ、ねえカナコさん切りなよ、そんな長いと目立つし、狙って下さいって言ってるようなもんだよ」

と全員が一丸となって髪を切ることをすすめ始める。そうするとカナコは、みんなが話しかけてくれてうれしいのか、みんなが自分のことを真剣に心配してくれていると

思っているのか、耳を赤くしてうつむき、にやにやと笑いながら、

「でも幼稚園のときから短くしたことないから」

というようなことを、鼻にかかった声をどもらせながらつぶやいている。私はカナコのすぐ後ろに立ち、定規《じょうぎ》で引いたようにまっすぐな分け目の地肌を見下ろして、またわけもなくいらだち、この白い地肌に分度器をこすりつけたらどんなにすっとするだろうとか、黒々としたこの髪をめちゃくちゃに切ったらこいつはどんな顔をするだろうとか、そんなことばかりとめどなく考えて頭が破裂しそうだった。

「本当はあんた変質者にヤられたいんじゃないの、胸つかまれたとき感じちゃったってこっそり言ってたもんね。もっともっともっとって、一人で想像しながらオナってるんだぜきっと」

みんなが聞いている中で口が勝手にそうしゃべっていて、ふとみんなが私を見ているのに気づいて急いで口を閉じた。しかしまわりのみんなはくすくすと笑い出し、ほっと胸を撫《な》で下ろす。カナコは顔を赤くして、何を言っているのかもごもごと口を動かしていたがみんなに混じって一緒に微笑んでいて、はからずもその場のムードはなごやかにおさまった。それがかえって私をむかむかさせ、私一人笑えずに彼女の脳天を見下ろしていた。

十一月になると変質者の存在は私たちの日常に根を下ろしていた。集団で帰り集団で教室を移動するのに慣れ、「だれがどこそこで見かけた」と聞いてもあまり驚かなくなった。「今ターゲットにされているのは隣のS女の中等部」だの「実は変質者は人間でなくて自殺した浪人生の幽霊」だのと、ときおり思い出したように新しい情報が加算され、カナコが胸をつかまれて以来被害者もいなかったのだが、それでも私たちは「眉毛が薄くて蛇目の浪人生ふうな変質者」を信じていた。毎週末が休日であるのと同じように信じていた。

お昼休みになって腕時計がないことに気づいた。一時間目の美術で、パレットを洗ったとき洗い場に置いてきたのだろうと、「一緒に美術室まで行って」と頼んだが、お弁当を食べ終えたマナちゃんたちは雑誌の心理テストに夢中で、やんわりと断わった。

「大丈夫よ、まだお昼だし」

「そうよ、お昼休みだからきっと美術部の人たちが集まってるし怖くないよ」

口々にそう言われて仕方なく私は一人教室を出た。廊下にはだれもいなくて、各クラスから漏れてくる笑い声とお弁当のにおいだけが行き場のない熱のように渦巻《うずま》いていた。廊下を曲がり階段を下りていくと声とにおいは次第に遠ざかる。事務室を通り静まり返った会議室を通りすぎる。ちらちらと光る窓ガラスに、中庭の芝生に輪になって腰かけてしゃべっている生徒たちが映っている。会議室の横の女子トイレはそこだけ日陰を集めたように薄暗く口を開けている。表に出て、美術室のある一号館を目指した。陰と日向《ひなた》を縫って歩き、どこからか漏れてくる見知らぬ鳥の鳴き声みたいな笑い声に顔を上げると、五階建ての校舎の窓ガラスがいっせいに光って私を見下ろしていた。

一号館は窓が少なく、足を踏み入れると陽の光に慣れた目にはあたりが真っ暗に見える。音楽室の扉やその前に並んでいるバッハやモーツァルトのデッサンが、その暗闇から次第にふわりと浮かび上がってくる。美術室の傍の洗い場では銀色の蛇口がせわしなく水滴を垂《た》らし続けていた。冷たいコンクリートに手を這わせて捜したが、腕時計はそこにはなかった。美術室のドアを開ける。美術部員はいず、ばらばらに並んでいる汚れた机と、真ん中に白い彫刻がぽつりとあるだけだった。さっき坐っていた場所の付近にしゃがみこんで机の中を覗《のぞ》いたとき、ふと後ろから声をかけられた。思わず私は大声を出した。ドアのところにカナコが立っていた。

「どうしたの、マリちゃん」

鼻にかかった声も「マリちゃん」となれなれしく呼ばれたことも話しかけられたことも気にくわず、私は返事をせずに机の中を捜した。床を覗きこむ。白い床には綿ごみやちぎれたスポンジや髪の毛が落ちているだけで、時計はない。

「もしかして、これ、捜してるの？」

もうとっくにいなくなったと思っていたカナコはすぐ後ろで親しげな声を出し、しかも私の大切なミッキーマウスの時計を右手に持っている。

「返してよ」

カナコの手からそれを奪うように取り上げた。カナコの手は冷たく湿っていて、取り上げた時計の文字盤の部分までが濡れていた。思わず私はそれをスカートで拭った。カナコはその場に立ったまま私をじっと見ている。その様子はいらいらするよりも薄気味悪くて、彼女を通り過ぎて出ていこうとした。彼女はその冷たい掌《てのひら》で私の右手を握りしめた。

「何するのよ」

勢いよく振りほどくと、カナコは二、三歩よろめいて後ろに下がった。

「私、知ってるのよ。私のロッカーのもの全部捨てたの、あなただって、知ってるのよ」

細いうわずったような声でカナコは言った。

「今ごろ何言ってんの？　だからどうしたって言うの」

「上履きがなくなってもお弁当がなくなってても、あなたがやったことなら私には全部わかるの。いいのよ、もっとしたかったら、私に好きなことしていいのよ」

カナコはじっと動かずに私の胸のあたりに視線を漂わせ、両手をスカートの前で組んで弱々しい声を出す。

「マリちゃんは毎日私のことを考えているでしょう？　私わかるもの。いつも私の背中を見て、ああしてやろうとか、こうしてやろうとか思ってるの。だから陰でやったりしないで、みんなの前でやっていいのよ。カンダさんのときみたいに」

テープレコーダーに録音されたせりふを聞くような奇妙な気持ちがして、私は窓ガラスを背に立つカナコの黒っぽい人影をぼんやり眺めていた。

「私はカンダさんのように逃げたりしないし、それにもし無視されるようなことがあったら私がまた助けてあげるわ」

「何言ってんの、あんた？」

カナコが何を言っているのか、何を言いたいのかまるでわからなくて、そこに立って鼻にかかった声を出しているカナコは覚えたせりふを読んでいるようで、クラスの人たちがまたグルになって何かのシナリオを書き、カナコを使って私をだまそうとしているのかとも思った。

「カンダさんは病院になんかいないの。本当に九州にいるの。彼女からの手紙だって私持ってるの」そう言ってカナコはゆるやかに微笑んだ。「また無視されることが怖いの？　私があなたのことを守ってあげるから、大丈夫よ。安心して私のことを考えて、いろいろしてくれていいのよ。試しに、前みたいにみんなの前で私に何かしてみたらいいと思うの。きっともうだれも何も言わないわ、そう思わないマリちゃん？　ずっとそう言いたかったの。でもなかなか二人でしゃべれないから」

目の前で意味不明の微笑みを投げかけているカナコに向けて、手元にあったパレットを投げつけていた。乾いた絵の具をのせたパレットは彼女の肩をかすって教室の壁にぶつかり、床に落ちてくるくると円を描く。身体じゅうの熱を集め始めた頭の中で甲高い金属音が響いていた。カナコの後ろにある窓からは、いやに黄色っぽいグラウンドと葉を落とした銀杏がずいぶん遠くに見えた。それを背に立っているのは私が見てきた学校じゅうの空洞をかき集めてできた、人の形をした生き物にも見えた。私はその黒くてぶよぶよしたものに飛びかかった。そこだけ白く光っている襟元《えりもと》をつかんで結んだ掌で頬を殴った。その感触はひどく生々しくて、頭の中でずっと続く金属音は少しだけ音量を下げ、そのかわり心臓が脳味噌《のうみそ》に移ったんじゃないかと思うくらい頭の中で鼓動《こどう》が響いた。

「何得意げにしゃべってんのよ、人の名前親しげに呼ばないでよ、あんたの鼻づまりみたいな声聞くとむしずが走るの、助けたって何よ、あんたが私をいつ助けたっていうのよ」

大きな声をはりあげすぎて喉《のど》が重く痛んだ。カナコは机と一緒に倒れ、その上に飛びかかりどこを殴っているんだかわからないくらい拳《こぶし》を振りまわした。カナコは両腕で顔を守り、寝そべった全身を塩をかけられたなめくじのようにもぞもぞと動かしている。

「何があなたを守るよ、何が私のことを考えろよ、気持ちの悪いこと言わないでよ、あんた頭がおかしいんじゃないの、あんたなんか変質者に犯されて殺されればいいんだ」

そう叫んだ私の頭の中に、決して切ろうとしない黒髪を見せびらかすようにほどくカナコの姿が一瞬横切った。手を止めた隙にカナコは私の下から這い出て、教室の隅でじっと私を見ていた。彼女のピンク色の唇は笑っているように半開きになっている。大きく息をしながら、自分の皮膚《ひふ》が何かのガスでも吸いこんだみたいにぱんぱんにふくれあがっていくのを感じた。目の前で薄笑いを浮かべたような表情で私を見上げている女をどうしてやろうかとか、ここで暴れたらまたクラスメイトたちに無視されるかもしれないとか、何かを組み立てて考えることはもうできなかった。

脳味噌で鳴り響く鼓動が、熱を持った痛みに変わっていく。私は机を蹴り倒し、中から転がり落ちてきたはさみをとっさに拾い上げ、強く握りしめた。隅でうずくまってじっと私から目をそらさないカナコめがけて走り、彼女の黒い髪をつかんで思いきり引っ張った。カナコは小さな叫び声をあげる。カナコの背中を片足で押さえつけ、手にしたはさみでところかまわず髪を切った。薄汚れた床に、束になった蛇みたいに黒い髪がするすると模様を描く。やめて、やめて、とカナコの甘ったるい声が遠くで聞こえた。甘えて背中を地面にこすりつける太った猫のようにカナコは身体をくねらせ、私の手から逃れようとする。両腕の間から彼女の顔が見えた。痛みに顔を歪ませているくせに、はしゃぎまわって顔を輝かせている子供みたいな表情を浮かべていた。それは私に、いつかトイレで見せたあの変な表情を思い出させた。鼓動の鳴り響く頭の芯はどこか冷静に、あの表情が何に似ていたのか懸命に捜していた。それはまったく思い出せなくて余計私をいらだたせた。彼女のスカートもジャケットも、スカートからのぞいたシュミーズもつかんだものはなんでも切り裂いた。私の耳に、どうやら自分があげているらしい言葉にならない長い叫び声が届いた。カナコは私から逃れて走り出す。私ははさみを投げ捨て、背中に上履きのあとをつけて走る目の前の黒い人《ひと》形《がた》を追いかけた。それは一号館を飛び出してこうこうと光る太陽の下に走り出た。髪をめちゃくちゃに切られねぎ坊主みたいな頭をした後ろ姿が五階建ての校舎に飛びこむ。階段を駆け上がっていく後ろ姿を追って夢中で走った。すれ違った生徒たちが悲鳴をあげ、その声を聞いた何人かの生徒が教室から飛び出してきてさっと道をあけた。廊下は白く光り凹凸《おうとつ》がなく、夢に出てくる学校に似ていた。目の前をまっすぐ進んでいく背中に焦点を合わせているのに、壁にはりついた生徒たちの顔ははっきりと見えた。ずらりと並んだ彼女たちの顔は、変質者のことを話し合うときのようにわくわくとふくらんでいた。彼女たちはきっと、あの変質者が今ここに現われたのだと思っているのかもしれない。ぱんぱんにふくらんだ皮膚から空気を絞《しぼ》り出すように大きく息をして走り続けながら、頭の奥でそんなことをぼんやり考えていた。

学校ごっこ

私たちは今、全クラス校庭に集められて、合同ダンスをしている。振りつけを決めた山脇《やまわき》先生は壇《だん》の上に立って、お手本を示すようにうっとりと大袈裟《おおげさ》にダンスを踊っている。マイクを持ったみどり先生が、私たちの間をまわって「テンポがずれてる」だの「二組の男子、ふざけるな」だのと声をはりあげる。紺色《こんいろ》のジャージをはいた吉田先生はやっぱり私たちのまわりを歩き、ちゃんとできない生徒に注意している。

私たちは一人一人色違いの縄跳《なわと》びを持たされて踊る。ときおりたつ砂埃《すなぼこり》が目に入って、目をこすろうとして私は縄を落としてしまい、拾っているうちにみんなから動作が遅れる。みんなが作り始めた輪に、私もあわてて駆けこむけれど、間に合わない。私が輪にたどり着いたころにはみんなはもう輪を崩《くず》し、ほかのことをしている。頭の中が真っ白になる。次はどんなふうに動けばいいのか、何度も繰り返して頭に叩《たた》きこまれたダンスは粉々に砕《くだ》けて、そのかけらすらも拾うことができず、私はその場にうずくまって自分が手にした蛍光紫《けいこうむらさき》の縄を見つめる。吉田先生が厳しい表情で駆け寄り、しゃがみこんだ私のお尻《しり》を叩く。

「ここはお尻を上げるんだ、おまえ何年生だ、わかってんのか」

吉田先生に叩かれた部分が、ものすごく汚い気がする。走って家に帰ってシャワーを思いきり浴《あ》びたい。

「ふざけるなって言ってるだろう、ちゃんとやれ、ちゃんと」

吉田先生は前方に走っていって、三組の子の頭を地面に押しつける。急に音楽が鳴りやみ、みんなはざわざわとその場で動きをとめる。

「こんなことじゃ、今日通しができないよ。みんな、ふざけすぎ。もっと真面目《まじめ》にやって。合わせるってことをもっとよく考えなさい。いい？　じゃあ輪になって縄を上げるところからもう一度。さあ位置について。ほらぐずぐずしない」

みどり先生の甲高《かんだか》い声がマイクを通して校庭じゅうに広がる。生徒たちはばらばらと自分の位置に走っていって、音楽が始まるのを待ち、両手で縄を持ち上げるポーズをとる。さっき吉田先生が叩いたお尻の部分からだんだん腐《くさ》ってくるような気がする。私は振り返って自分のブルマーを見る。大丈夫、まだ腐ってはいない。

「松岡くん、右脚は伸ばす！　中野さん、両腕《りょううで》を伸ばして、ほらアキラ、よそ見しないで。位置がずれてるよ、安彦《やすひこ》」

みどり先生はマイクで次々と生徒の名前を呼んで注意する。腐り始めていないか私が自分のお尻を振り返り、そのせいで両腕が曲がってだらしないポーズをとっていても、みどり先生は決して私の名前は呼ばない。視界の隅《すみ》にまた吉田が走ってくるのが見え、私はあわててポーズを作る。音楽が流れてくる。壇の上で山脇先生が、再び恍惚《こうこつ》とした表情で踊り始める。少年隊の曲に合わせて踊るなんて時代錯誤《さくご》なこと、いったいだれが考えついたのだろう。

「みんなそれでちゃんとやってるつもり？　ふざけてると、いつまでたっても終わらないよ」

みどり先生は金切り声に近い声で叫《さけ》ぶ。私はあたりを見まわす。だれもふざけてなんかいやしない。いつかＴＶで見た、どこかの国のマスゲームみたいに恐ろしいほどきちっと揃《そろ》えば、きっといいのだろうことはわかっているけれど、どんなふうにしたらあんなことができるのだろう？　最初あれを見たとき、花を描いたり文字を描いたりしているのが人間だとはどうしても思えなかった。よくできたロボットか何かだと思った。そしてあれが私たちと同じ「人」がやってるんだとわかったとき、鳥肌がたった。無気味だとか気持ち悪いとかそんなことではなくて、怖いような、たまらない気持ちがした。

縄を持った両手を高く挙《あ》げると両腕の隙間《すきま》に薄い月が見える。空の彼方《かなた》にひらりととまった透明な生き物にも似た月は、夜に私たちが見る月と同じものだと私は信じることができない。あれはきっと白く輝く月が残していった足跡だ。明日の晩また同じところに戻ってこられるように残していった足跡に違いない。そんな考えごとをしているとつい縄を落とす。また吉田に身体をさわられるんじゃないかとあわてて縄を拾ううち、気持ちがあせってどんどん動きがずれてくる。マイクを持ったみどり先生はじっと私を見ている。目やにをいっぱいためたびしょぬれの捨て猫を見るような表情をしている。

「山崎さん、あなたがずれるから後ろがみんなずれてるわよ」

私が先生を見つめると目をそらし、みどり先生はほかの生徒に注意をしている。


今年の春私たちの小学校にやってきて、みどり先生は私たちのクラスの副担任になった。夏休みがあけても担任の前田先生は来ず（赤ちゃんができたのよ、とみどり先生が教えてくれた）、みどり先生が担任を務《つと》めることになった。

「みなさん、まず私とお友達になって下さい。私もみんなとまずお友達になろうと思います」

担任になった最初の日、幼稚園児に話しかけるような声でみどり先生はそう言った。それから、私のことをみどり先生って呼んで下さい、とつけたした。自分が坐《すわ》っている席がそのままぐいーんとタイムマシンになって時をさかのぼり、今坐っているのは四年三組ではなくて、あの小さい椅子《いす》、小さい机、カラフルな絵のたくさん貼《は》ってある一年生の教室になった錯覚《さっかく》を覚えた。そう思うとまわりに坐っている友達も、みんな身体が縮んでいくような気がして、私はこっそり教室じゅうを見まわし、出席簿の自分の名前が呼ばれているのに気がつかなかった。

「田中希実子ちゃん」

何度目かの先生の声で私はようやく顔を上げ、小さな声で返事をした。どうしてちゃんづけで呼ぶんだろう、と思った。返事をしても先生はじっと私の顔を見ているので、私は何か要求されているのだと思い、にっこりと笑いかけた。先生はあいまいな笑顔を作ってすぐ次の人の名を読み上げた。

みどり先生は私のことを、頭の不自由な子だと思いこんでいる。ちょっとぐずだとか、ちょっと鈍《にぶ》いとか、そんなんじゃなく、本格的に脳味噌《のうみそ》が少し足りないのだと思っている。私がそれを知ったのは、みどり先生が担任になって一週間が過ぎるころだった。

授業中、みどり先生は滅多《めった》に私をあてないが、ときどき席の並び順であてていって、私が答えるときになると、ほかの生徒たちには見せない、奇妙な笑顔で私が答えるのをじっと待っている。私の席は窓側で、高かったり低かったりする空を流れる雲の形や、まぎれこんだ野良猫が中庭を横切っていくのや、向かいの校舎の理科室で行なわれている実験なんかが実によく見えるので、ついついそっちに意識を集中して、ぼうっとしているときが多い。そのときも私は授業を聞いていなかった。隣の席の子につつかれて教科書に目を落とし、救いを求めるような目つきで先生を見上げると、彼女はあわてて言った。

「いいのよ、答えられなくてもいいのよ、わからないことは全然恥ずかしいことじゃないわ」

ほかの生徒には決してそんなことは言わない。ちゃんと聞いてたの？　と厳しい声を出す。私にだけ、蜂蜜《はちみつ》みたいな甘ったるい声で話しかける。

「人はみんな同じではありません」いつだったかお帰りの会のとき、みどり先生がそう言い出した。「みんなができることができない人も、たくさんいるのです。先生は、そういう人たちを見下げたり、笑ったりするような子供には、なってほしくありません。そういう人をいじめるのは、卑怯《ひきょう》です。弱いものいじめは、もっともいやらしい行為だと先生は思っています。もし、みんなにできることができないお友達がいたら、助けてあげて下さい。そういう立派な子供たちになって下さい」

生徒たちは何を言われているのかさっぱりわからないように、小声で何かつぶやきながら顔を見合わせている。私は自分のことを言われているのだとわかった。みどり先生を見つめたが、彼女は私から目をそらし、窓際近辺の席が存在しないかのように、決してこちらを向こうとはしなかった。

　私はみどり先生のクラスで、いつの間にかみんなができることのできない、頭の不自由な子供になっていた。そんな役割を押しつけられたのは私だけではなかった。早坂くんはしっかりものだと決めつけられて、こっそり先生から私の世話を頼まれた。由美子ちゃんは、家庭不和が原因でのちのち不良になるはずの、愛情に飢《う》えたちょっとだらしのない子だと思われているみたいだった（確かに由美子ちゃんの家はお父さんしかいなかった。だからといってほかの子と何も変わらなかったけれど）。芸術的に認められ、そっち方面に長けているからお勉強や身だしなみがきちんとできなくてもいいのだ、と先生に言われている子もいたし、人並みはずれて正義感の強い、間違ったことを絶対に言わないことを暗黙のうちに要求されている生徒もいた。

九月が終わるころ、私たちは、先生に与えられた役割を素直に受け入れ、一生懸命《いっしょうけんめい》、それを演じるようになっていた。それは実に楽なことだった。特に私は、普通にしていてもどうしても人より動作が遅れるので、急ぐことやみんなの先頭に立つことを先生が私に要求しないのは、本当に助かることだった。だから、先生が私をわざとあてなかったり、甘ったるい声で話しかけるのは全然屈辱的《くつじょくてき》なことではないのだ。多分みんなそう思っていた。みどり先生が担任の間だけ、私たちはそういう役をきちんと演じるけれど、それは本当の自分じゃないと、きっとだれもが思っていた。先生は自分が決めた役割に合うように、それぞれの子に接していた。そしてそうすることは、何か守られているような、安心できるような、そんな感じがした。去年だったか、つばめのひなが迷いこんできてそれをクラスみんなで世話したときと似た、独特のまとまりができあがってきたし、先生も楽しそうだった。私の見るかぎり、だれもそれを壊《こわ》そうなんてしなかったのだ。

学校が終わって、鍵《かぎ》っ子やきょうだいがいない子や、まだ遊びたい子はみんな児童館に集まる。去年まで私たちも児童館に行っていたが、今年になってから遊び場所が変わった。新しいその遊び場にこっそり忍びこんで、日が暮れるまでそこで過ごす。私たちの遊び場は、校庭の隅にある古い体育倉庫だった。二階建てになっていて、鉄の扉《とびら》を開いて中に入ると薄暗く、しけったにおいがする。ひんやりとした空気が肌にはりつき、別の世界に足を踏み入れたように思える。目が慣れてくるとぼろぼろのマットや埃だらけのくす玉や、運動会で見る玉入れの棒なんかが、あちこちにうっすらと浮かび上がる。

みどり先生が担任になってから、倉庫に集まる子供たちは以前よりも増えた。いつも校庭でサッカーをやっていた早坂くんたちや、ゲームおたくのマコトたちも集まるようになった。三年のころから男子と女子はあまり仲良くなかったけれど、最近は不思議とみんなで一緒に遊んでいる。私たちはこの薄暗くて埃っぽい小さな場所で、お菓子や漫画やゲームボーイを持って集まり、「学校ごっこ」をして遊ぶ。

「学校ごっこ」のやり方は簡単だ。その日、ジャンケンで先生役を決める。先生役はみんながどんな人なのか決めることができる。倉庫にいる間、みんなは決められたその人格を守って過ごす。あとは、漫画を読んでいてもゲームをしていても、なんでもいいのだ。先生役は権限を持っていて、何かしたいときはそれを命令することができる。たとえば、校庭に出てドッジボールをしたいと主張すればみんなやらなくてはならないし、おしゃべりがしたかったら「学級会を開きます」と言えばよくて、「気が弱くて、いじめを苦に自殺を図った生徒」という人格を与えられた子を、買い物に行ってこさせることもできる。

その日先生役になったさえちゃんは、絵里ちゃんを「頭の不自由な子」に、早坂くんを「のちのち不良になる愛に飢えた子」に、由美子を「人並みはずれて正義感の強い子」に、という具合に、実際教室であてがわれているような人格を与えていった。

「じゃあ今日は、合同ダンスについての話し合いをします」

さえちゃんが言う。跳び箱の陰や、マットの間から、ええっ、と言う声があがる。

「言いたいことは、なんでも言っていいのよ。だって私たちはお友達なんですもの」

さえちゃんはみどり先生の声を真似《まね》る。くすくす笑いが埃と一緒に舞い降りる。

「おりゃあよー、あんなこっぱずかしい真似はしたくないぜ、この歳になってよー、ケツあげたり地面にねっころがったり、ばかばかしくってやってらんねえよ」

「不良」役の早坂くんが、ごろりと横になってそれらしい口調でしゃべる。なかなかうまい。

「こっぱずかしくてもなんでも、ちゃんとやらなくてはいけないと思います。だらだらやってたら、同じことを何度もさせられるだけだし、ちょっとの間、我慢して先生の言うとおりにすれば、すぐ済むことでしょ。いやだからだらだらやって、文句ばっかり言ってるのはおとなげないと思います」

由美子ははきはきと、至極《しごく》当然なことを言う。そうよね、そうよ、由美子の言うとおりよ、と個性も存在感もあまりない「その他大勢」役の子たちが声を合わせる。私も小さな声でそうよそうよ、と言ってみる。みんな、なりきっている自分たちがおかしくて、たえられずに笑い出す。

「でもさあ、あいつむかつくよね、一組の背のでかい女。最前列に立っていつもはりきって踊っててさ、だれか注意されると、すげえいやな目でちらっと振り返るの。『どうしてそんなこともできないざんす？』って表情浮かべてよお。おれああいうの見てると腹たってくんだ。無闇《むやみ》にはりきってるブス」

「上品な坊っちゃん」役のマコトは、常日ごろそう思っていたのか、役にそぐわない発言をする。普段ならここでみんなに「注意」と親指を突きつけられるのだが、みんな深く納得したのか、一応自分の役を演じながらあれこれとしゃべり出す。丸めたマットの上に坐っていた私はふと、すみっこで体育坐りをし、爪《つめ》をいじっている絵里ちゃんを見つけた。絵里ちゃんは「頭の不自由な子」の役を与えられたのだ。こちらでどんなにもりあがっても、彼女はじっと動かず、爪の間にたまったかすをほじくり出してぼうっと眺《なが》めている。その姿はなんだか、本当に自分を見るようだった。

「絵里ちゃんはどう思うのかな？」

絵里ちゃんはゆっくりと頭を上げ、

「え？」

と小さくつぶやく。かすれた声は、え、ではなく、へ、に聞こえる。

「私ねえ、縄の色は、ピンクがいいの」

ぼんやりした声で絵里ちゃんは言った。その場にいた全員が爆笑する。その表情を見て私はぞっとし、ブラウスで隠された腕にぽつぽつと鳥肌が浮き上がってくるのがわかった。

さえちゃんはみどり先生の真似を続ける。

「みんな、何笑ってるの？　先生言ったでしょう。みんなができることができない子がいます。みんなの考えることを考えられない子がいます。その子を決して笑ったり、ばかにしたりしちゃいけませんて」

みんなは手を叩いて笑う。早坂くんの叩くマットから埃が舞い上がって、そっと差しこむ薄い光にさらされる。


明くる日のお帰りの会で、なんとみどり先生は、

「合同ダンスについての話し合いをします」

と言った。私はこっそりあたりを見まわし、由美子ちゃんや絵里ちゃんと目配せをし合った。教室じゅうに、おかしくてたまらないといった空気が流れ始める。みどり先生は何も気づかず、話を続ける。

「体育祭まであと一か月もないのに、全然まとまってないでしょ。恥ずかしくて、あんなもの、発表できないわよ。だから今日は、どうすればうまくいくのか、何がいけないのか、みんなで話し合いたいと思うの」

「はい」早坂くんが手を挙げる。みんなの視線が集中する。「一回でもきちんとやれば、早く終わるんだから、疲れてるからってだらだらやってたらいつまでも終わらなくて、それでもっと疲れるんだから、ちゃんとやったほうがいいと思います。いやだから、面倒だからってだらだらやるのは、幼稚だと思います」

昨日由美子ちゃんが言ったせりふを、ちょっとだけ変えてある。由美子ちゃんは顔を歪《ゆが》ませてうつむき、笑いたいのを堪《こら》えている。それは至極もっともな意見で、もうだれも何も言うことはなくなる。はいそのとおりですねと言って終わってしまえばいいのに、みどり先生はみんなに何か言わせようと、

「合同ダンスで一番大事なことはなんだと思うか」

「ほかのクラスの人がだらだらしてるときはどうしたらいいのか」

だのとへんてこりんなことを言い出し、挙句《あげく》の果ては、

「みんなは、合同ダンス、全員で一つのことをやり遂《と》げることに何を求めるか」

などとんでもなく大それたことを言い出している。つっこみ役の子がいたらな、と想像しながら窓の外を眺めた。あんなもんに大事もへったくれもあるかい！　とか、ほかのクラスのことまで手がまわるかいな！　なんて、つっこみ役の子が叫ぶのを想像してたらなんとなく笑いがこみあげてきた。

「じゃあ、希実子ちゃんは、どう思うのかな？」

ふんわりと優しい、今朝食べた甘いオムレツみたいな声が私の頭上に降ってくる。私は窓の外から先生に目を向ける。先生は腰《こし》をかがめ、目を細めてじっと私を見守っている。ええと、何を言えばいいんだっけ、そうだ、

「私、縄の色は、ピンクがいいの」

昨日の絵里ちゃんを真似て言ったつもりが、口の中がぱさぱさに乾いていて、不覚にも私はどもってしまい、わ、わたわたし、ななわは、えほっ、ぴぴぴんくが……なんてしゃべりかたをしてしまった。みんなどっと笑う。先生も思わず笑っている。私は絵里ちゃんを見た。絵里ちゃんはやっぱり私を振り返り、片手でおなかを押さえ、片手でピースサインを出して笑っていた。このたった一言で、みどり先生の頭の中の私

が、本格的に脳味噌の足りない子、というばかりでなく、「なおかつお口も不自由な子」となってしまうなんて、このとき私は想像すらしていなかった。

なんとかお帰りの会が終わって、机を前に寄せ教室を出ようとすると、みどり先生が私の肩を優しく叩いた。私が振り向くと、

「希実子ちゃんの今日のおやつは何かしら？　楽しみね」

と声をかけ、胸を張って教室を出ていった。

忘れ物はないか机やロッカーまで戻って中を点検しているうちに、掃除《そうじ》の班が騒ぎながら掃除を始め、ランドセルの鍵を閉めないまま私は教室を出て体育倉庫に向かった。

体育倉庫の重い扉を開けて中に入ると、そこここに集まっているみんなの姿が淡く浮かび上がる。ＴＶで見たことのある刑務所みたいに鉄格子《てつごうし》のはめられた窓からは、真っ白に光るグラウンドが見える。それはとてつもなく大きな恐竜が残した丸い足跡みたいに見えた。

「さ、ジャンケンして先生決めよ。遊ぶのはそれからだぜ」

あちこちに散らばって好き勝手に遊んでいるみんなを、早坂くんが呼ぶ。細く入りこむ金色の光が、ジャンケンをする私たちの頭を丸く照らしている。あいこでしょ、と

声を揃えて、私たちは堪えきれずに笑い合った。

運動会が終わったあと、みどり先生はクラスみんなを教室に呼んだ。体操服姿のみんなは、今年一番の苦行が終わって晴れ晴れとした顔をしている。全員が席に着くと、みどり先生は教壇の下から段ボール箱を取り出した。

「今日はみんな、とてもよくがんばりました。特に合同ダンス、三組は本当に素晴らしかったわ。ほかの先生方も、褒《ほ》めて下さいました。みんなきちんとしてたし、だらだらやってる子は一人もいなかった。みんながみんな、合わせようって気持ちでいるの、とってもよくわかったわ。それでね、ほかのクラスには内緒よ。先生からご苦労様のご褒美《ほうび》があります」

先生が段ボール箱から出したのは、缶《かん》ジュースだった。歓声があがり、先生もうれしそうだった。一人一人手渡された冷たいジュースを、私たちはみんなで飲んだ。甘いみかんの味が舌の上いっぱいに広がり、私は突然心の中が満たされていくような幸福感を抱いた。こっそりまわりを見渡すと、それぞれジュースを飲むクラスメイトたちの頰《ほお》は夕日に照らされて乾いたような橙色《だいだいいろ》をしていて、やっぱりどこか満ち足りたように微笑《ほほえ》んでいるのだった。

運動会が終わってしまうと、日々はのっぺりとした感じになった。出席をとって一日が始まり、給食のメニューに一喜一憂し、六時間をやり過ごしてお帰りの会。体育倉庫に集まる顔触れは変わりなく、だんだん飽《あ》き始めたのかなんだか退屈になってしまって、一応先生役は決めるものの、みんな薄暗い中適当に散らばって好き勝手に遊んでいた。

そんな日々の中で、多分だれも気がついてはいないだろうけれど、みどり先生の私に対する接し方が徐々に変わり始めたことに私は気づいていた。今までは、目やにをためたびしょぬれの捨て猫を見るような目で見ていたけれど、先生の目はそれに輪をかけて優しく、哀れなものを見る目つきに変わった。目やにをためてびしょぬれで、なおかつ空腹で鳴き声も出ない病気の猫を扱うみたいに私に接した。

今日は二十一日だから、出席番号二十一番の人、と先生はいつもと違うあてかたをして、二十一番の私は渋々立ち上がり、それを認めた先生ははっとして実に申し訳なさそうな表情をした。教科書を読むために小さく咳《せき》払いをすると、先生はあわてて言う。

「ゆっくり、ゆっくりでいいのよ。落ち着いてゆっくり読めばいいの」

ゆっくり落ち着いて読もうと私は声を出す。けれど、喉《のど》にぎざぎざの装置がはめこまれてしまったように、声は思ったように出てくれなかった。息を吸うたび、なぜだか私は必ずどもった。何度もどもりながら、こんなはずじゃない、と思った。私は確かに動作は遅いし、いつもみんなから取り残されてしまうけれど、決してどもったりはしなかったはずなのに。そう思ってあせると、喉の装置はますます活発に動いてしゃべるのを邪魔《じゃま》する。先生は一段落が過ぎるのをじりじりして待ち、はいそこまで、上手に読めましたね、と言って次の人をあてた。じっと椅子に坐っているみんなは、きっと私がわざとやっているのだと思っただろう。いつもの遊びの延長で。みんなにうけるために、ちょっとオーバーにして。そう思うといくらか私はほっとするのだった。

ともちゃんのお財布がなくなったのは次の週のことだった。お昼休みが終わってから、ない、ない、とともちゃんは泣きそうな顔で騒ぎ出し、何人かの友達につきそわれてみどり先生に言いにいった。お帰りの会で、先生は簡単にともちゃんの財布がなくなったことを説明し、もし見かけたら教えるようにと短く言った。

その日の放課後の学校ごっこは、お財布のことでもりあがった。この日の先生役は絵里ちゃんで、絵里ちゃんは「実はお財布がなくなったのはともちゃんだけじゃないんだ」とどこで聞いたのか重大発表をした。

「この前は、ひろちゃんがなくなったって言ってたし、松本くんも先生に言いにいったみたい。ねえ、この中にはお財布なくなった人はいないの？」

みんなを見まわし、ここにいるだれの財布もなくなっていないことを確認してから、絵里ちゃんは厳《おごそ》かに言った。

「クラスに、お財布泥棒がいるんじゃないかと思うの」

ともちゃんがどこかで落としたりしているよりは、断然そっちのほうが面白く、またなくしたのがともちゃん一人というよりは、複数だというほうが断然スキャンダラスで、私たちは薄暗い体育倉庫でなくなったお財布について話し合った。ＴＶで見て知っている刑事のように、今日の時間割を見て、自分たちのアリバイを説明したり、その場にいないクラスメイトやほかのクラスの人たちを疑ったりして時間を過ごした。

次の日、今度は栞《しおり》ちゃんの財布がなくなった。やっぱり、というか、当然のことながら、お帰りの会は「追え！　財布を盗んだ真犯人！」的な会議がとり行なわれることになった。みどり先生は本当に心を痛めているといった表情で、クラスメイト数人の財布がなくなったことを告げて、だれか心当たりはないかしら？　と呼びかけた。先生の口調や表情は、だれか盗んだに違いない、そう思いたくないけれど、きっとそうに違いない、と告げていた。

　こんなことは初めてだったので、みんな明らかに困惑していた。多分私が思ったように、こんなことになるのなら、昨日の放課後あんなふうにただ楽しんでいないで、こうなることを予想してちゃんと学校ごっこをしておけばよかったとみんな思っているふうだった。自分が課せられた役割を、こういう場でどんなふうに演じたらいいのかわからなかったのだ。そこへいくと私は楽なもので、ただぽけっと窓の外と先生の顔を交互に見ていればよかった。

「昨日の音楽の時間、教室を出るとき、いつまでも教室に残っているグループがいました」

何をとち狂ったのか、何か言わなければならないと固く信じているのか、早坂くんがそんなことを言い出した。

「私たち残ってたけど、でもあれは、由美子の笛《ふえ》が見当たらなかったからで、財布なんて見ませんでした」

絵里ちゃんが立ち上がって叫ぶように言う。

「そうかもしれないけど」早坂くんはもう自分が何をしたらいいのか、何を言ったらいいのか、その答えを得たように堂々とした声で話す。「そういうのって、こういうとき誤解を招くし、現に音楽の時間だって遅刻したんだから、やめたほうがいいと思います」

「そんなことを言うなら、マコトたちだって、掃除が終わっても帰りはいつも教室に残って、こそこそ何かやってるじゃない」

「昨日はゲームボーイのソフトを見せ合ってたんだよ、それに、なくなったのは昼休みの前なんだろ？」

「学校にゲームソフトは持ってきちゃいけないと思う」

「それにマコトたちは掃除の邪魔《じゃま》をするときもあるし」

それぞれ、自分の役割の言うべきことがわかってきたのか、教室じゅうに意見が飛《と》び交《か》う。けれどなんだか、しゃべることといったらだれが怪《あや》しい、だれが不審《ふしん》な行動をとっていた、というような、だれが犯人だとほのめかしているような意見と、主題からそれた、だれのこんな行動は悪いと思うといった意見ばかりで、それはちょっと異様な光景だった。私は教壇に立っている先生を見た。生徒たちの声を聞いているのかいないのか、先生は疲れたような表情でじっと自分の掌《てのひら》を見下ろしている。チャイムが鳴り終わるのを待って先生は言った。

「もういいわ。先生はだれのことも疑いたくはないけれど、もし、ちょっとしたいたずらでお財布を持っていってしまった人がいるなら、先生はその人を怒りたくないの、ただお話がしたいの。怒らないから、先生のところに来てちょうだい」

それだけ言って、帰りのあいさつを促《うなが》した。

放課後体育倉庫でジャンケンをして、再び先生役を勝ち取った絵里ちゃんはみんなにそれぞれ役割をあてがっていき、ふと何か思いついたように顔を輝かせて私のほうを振り向き、言った。

「希実ちゃんはね、ちょっと頭の悪い子で、みんなのお財布からお金を盗んでまわった生徒の役」

まわりにいたみんなは声を揃えて笑い、私は驚いて絵里ちゃんを見た。

「え、わ、わた私、違う。それ、わ私じゃない」

私は完璧《かんぺき》にどもり、それ以上言うことができずに、目の前にかざした両手を思いきり振った。絵里ちゃんはいつも私たちに笑いかけるのと変わらぬ笑顔で言う。

「いいんだよ、そんなの。ごっこなんだから。そういう役をやればいいの。それでね、今日は裁判をします。みんなはね、いつもみたいに自分のやる役になりきって、希実ちゃんに質問をして、シロかクロか決める権利を持っているの。もしクロだったら、どんな刑《けい》を受けるべきかまたみんなで決めるの」

「はい」だれかが勢いよく手を挙げる。「田中さんは、今日の音楽の時間、だいぶ遅れて教室に来ましたが、それはなぜですか」

「えっ」

私はおそるおそる絵里ちゃんを見上げた。絵里ちゃんはじれったそうに言う。

「もう、いつもの遊びだって！　ノリが悪いよ希実ちゃん」

「そ、それは笛が見当たらなかったからです」

小さな声で言い、由美子を見た。埃だらけのマットに腰かけた由美子は宝物を見せ合ったあとみたいににっと笑う。それで私はうれしくなる。この新しい遊びの要領がつかめた気になる。

「じゃあ笛を捜していたんですね？　そのとき教室に、ほかにだれかいましたか」

またほかのだれかが質問する。

「ゆ、由美子ちゃんがいました」

「梶原由美子さん。あなたは田中さんとずっと一緒にいて、教室を出るときも一緒だったんですか？」

「いいえ」と由美子は言う。「笛は見つかって、それで一緒に教室を出ました。でも田中さんは今度は教科書を忘れたと言って、一人でまた引き返しました」

薄暗い体育倉庫のどこかでくすくす笑いが漏《も》れる。希実ちゃんならやりかねないねとささやく声も意地の悪い響きを含《ふく》んではいない。みんなだんだんのってきて、でためな質問を思いついては発言する。その一つ一つに私は答えていった。次第にどもらなくなっていくような気がする。だれも彼もが質問を口にし、体育倉庫の中がみんなの騒ぎ声でいっぱいになるころ、絵里ちゃんは大きく手を叩く。

「じゃあ決をとります。田中希実子が犯人だと思う人！」

薄っぺらいグレイの闇の中、何本もの白い手がまっすぐ伸びる。絵里ちゃんは満足げに倉庫を歩きまわり、どんな刑がいいと思う？　と言う。

「スカートめくりまくりの刑！」

「男子いやらしい！　そんなのだめ。一人ダンスの刑は？」

それ、おもしろーい、何人かが声を揃える。

「にわとり小屋の一人掃除の刑！」

「くすぐりの刑！」

みんな思いついた刑を口々に叫び、体育倉庫は興奮したいくつもの声で爆発しそうになる。もの投げの刑！　とだれかが言って、それいいね、それでいこうよ、と賛成の声が波紋みたいに広がり、びっくりして私は取り巻くみんなの顔を見る。

「痛いものは投げちゃだめだよ」

念を押すように絵里ちゃんは言い、私は安心してその場に立ち上がる。もの投げの刑、始め！　と叫ぶ絵里ちゃんの声を合図に、いろんなものが私に向かって飛んでくる。丸めたハンカチや答案用紙、消しゴム、ティッシュ入れ、丸いゴムのボール、脱ぎ捨てられた靴下《くつした》、薄っぺらい音楽の教科書。絵里ちゃんの言葉どおり、あたっても痛くないそれらのものは私の頭上から、桜の花びらみたいに、音なく舞い落ちる雪みたいに降りそそぐ。私を取り囲むみんなは夢中になって拾っては投げ、拾っては投げ、しまいに身をよじって笑い出す。私は玉入れの棒のように突っ立って、やっぱり笑いながら目をそらして小さな窓を見上げた。いつの間にか降り出していた雨が、グラウンドに砂煙をたたせている。

下校の放送が流れ出し、みんなはいっせいに帰り支度を始める。私はスカートについた砂埃を払ったり手を洗ったりしているうちにいつものように一人取り残され、遅れて倉庫を出た。裏門のところで由美子が私を待っていた。由美子は私を見つけると、ぴったりと身体をくっつけてきて、一緒に帰ろう、と小さな声で言った。一瞬の雨を降らせた曇《くも》り空はぐんなりとし、空き地に生えた草も疲れたように首を垂《た》れている。その上を、無数の小さな虫だけが元気よさげに飛んでいた。

「私、疑われるんじゃないかと思うの」

自分の足元を見つめて由美子が言った。言っている意味がわからなくて私は由美子の頬を見た。

「お帰りの会で犯人捜しが始まったら、みどり先生は、私が盗んだって言い出すような気がするの」

いつだったか由美子がカンニングをしたと先生に呼び出されたときのことを思い出した。本当にしたのかどうなのか、由美子は何も言わなかった。今みたいにうつむいて職員室を出てきたのだった。そんなことないよ、と言おうとしたけれどそう言われてみればそうなるような気もするし、何を言っていいのかわからなくなる。あの、とか、それは、とか意味のないかさかさした言葉を口の中でつぶやきながら、私も一緒に由美子の足元を見た。ピンクの靴下は体育倉庫の砂埃で薄茶色く汚れていて、それを見つめたまま一緒に歩いているとやたらと喉が渇《かわ》いた。

翌日、なくなった財布についての噂《うわさ》が飛び交っていた。私はその話を、トイレの手洗い場で絵里ちゃんに聞いた。

「金額がちっちゃくてもなんでも、とにかくお金だけ抜き取られて、焼却炉《しょうきゃくろ》に捨てられるんだってよ。掃除当番のほかのクラスの子が、焼却炉の中で財布を見つけたんだって。ね、やっぱり私の言ったとおり、泥棒事件だったでしょ？」

絵里ちゃんは得意げに私に耳打ちした。耳たぶに吹きかかる彼女の息がくすぐったくて、私は小さく笑って、そうなの、と口を動かした。どもるのが怖くて声は出せなかったけれど。

その日は午後になってからマコトが財布がないと言い出した。お帰りの会は緊迫し、想像どおり犯人捜しみたいな雰囲気になった。みんな昨日の裁判ごっこで要領を得たのか、すっかり落ち着いて、だれがいつ教室に残っていただのと発言し始め、私は上目遣いで由美子を見た。由美子はじっとうつむいている。早坂くんはみずから議長役をかって出て、実際に起きたことと話し合うべきことの要点をすらすらとしゃべり、さえちゃんはいちいちおちゃらけて場のムードを和《やわ》らげ、絵里ちゃんは目を吊《つ》り上げて何時間目にだれが遅れた、だれがどうしたと言いたてる。まるで試験を受けているみたいだ。私たちに与えられた役割を、どこまで完璧にマスターしているかを試すための試験。そんなことを思いつくくらいみんな完璧に自分の言うべきこと、やるべきことをきちんとこなして犯人捜しを進めている。私は再び由美子を見た。じっとうつむいていた由美子はふいに手を挙げて立ち上がった。

「だれがどうと言う前に、こんなことが続いているんだから、大きなお金は学校に持ってくるべきじゃないと思います」

由美子が何をしようとしているのか私はじっと彼女の後ろ姿を見守った。

「だって」自分が悪いようなことを言われて悔《くや》しいのか、マコトは不満げな声を出す。

「好きで持ってきたんじゃないよ。帰り道に買い物を頼まれてて、それで仕方がなかったんだよ。それに由美子、金額なんてだれも言ってないのにどうして大きな金額なんて言うんだよ」

「金額なんて知りません。なくなったって騒いでるんだから、それなりのお金だろうと思ったから」

一際大きくなった由美子の声は震《ふる》えている。

「そういえば、移動教室のとき由美子はいつも教室に残ってるよ。なんかぐずぐずしてて」

「笛がなくなったっていうのも由美子だし、今日の理科の実験だって遅れてきたじゃない」

「由美子は日直のとき黒板消しもしません」

全然関係のないことまで言い出す人もいる。手を挙げず、隣の人に、そういえばこの前なんかさ、とひそひそ話をし始める人もいる。

掌の中に頬を埋め外を眺めながら、今の状況がどんなものであるのか理解できた。このお帰りの会が確かに試験のようなものであることをみんなちゃんとわかっている。今このとき、みんなきっとだれが本当に財布を盗んだのかなんてことは全然知りたくないのだ。そんなことは知りたくなくて、ただ、それらしい答えを引き出してみんなが楽しめればいいのだ。きっとこれはいつもの学校ごっこの延長にすぎない。由美子が犯人だと仮説をたてて、みんな何かになりきってあれこれ言い合い、それで下校の曲が流れ出したらだれも彼も役割を脱ぎ捨て手を振って別れ、次の日にはころっと忘れて「今日はどんな遊びをする?」と、由美子も一緒になって言い出すのだ。みんなそれを知っている。今自分が何をすればいいのか知っているのと同じように、由美子が何をすればいいのかも知っている。それならそれで、いつものように由美子も犯人役を演じてしまえばいい。そんなことを考えて私は窓の外から教室へ視線を戻した。みどり先生は相変わらず教壇に立ち、あちこちで勝手にしゃべり始めた生徒たちの声が聞こえないとでもいうふうに、疲れたような表情でぼうっと空を見つめていて、その表情を見たとたん、私はふいに怖くなった。先生もひょっとしたらそう思ってるのかもしれない。だれがやったのか捜すつもりもなく、みんなが一人に役割を押しつけて楽しんでいるのを一緒になって楽しんでいるだけなのかもしれない。先生も学校ごっこの仲間入りをしているのかもしれない。永遠にジャンケンに勝ち続け、先生役をやる権利を持った大きなクラスメイトなのかもしれない。だったらそれは、ごっこではない。先生役のみどり先生が先生でいるかぎり、私たちの役割は変わることがないのだから。視線だけ動かして、何か言おうと頰を赤くしているクラスメイトたちを見まわした。みんな、わかってるよね？　これはいつもの遊びだって、そう思ってるよね？　だれが怪しいとかだれが悪いとか、本気で言っているわけではないよね？　けれど、いつも目配せする相手を捜してあちこちに交差している笑いを堪えた視線は、うつむいて立っている由美子にすべて向けられている。私、疑われるんじゃないかと思うの。由美子の細い、扇風機《せんぷうき》の前で声を出すようなかすかな震え声が私の耳元に漂《ただよ》う。

気がついたら私は手を挙げていた。おしゃべりに夢中になっていたみんなは気がつかなかったが、滅多に見られない場所に挙がっている一本の手を見つけたみどり先生はぱっと顔を輝かせ、

「なあに？　希実子ちゃん、言ってごらんなさい」

といつもよりツートーンほど明るい声で言った。教室は静まり返り、私は椅子を引いて立ち上がる。立ち上がったはいいけれど、言葉がなかなか出てこない。何を言おう

と思っていたんだっけ、どうして手なんて挙げてしまったんだっけ。思い出そうと、両手の拳《こぶし》を思いきり握《にぎ》り、もう一度開く。私を見るみんなの視線が、ダンスのときの吉田の手みたいに、腐らせるためにべたべたと得体のしれないものを塗《ぬ》りたくっているみたいに、身体じゅうにまとわりつく。マーガレットのいけられた透明な花瓶も、壁に貼られたみんなの習字の字も、黒板の消し忘れられた文字のかけらも、じっと私を見つめている。大丈夫、これはいつもの学校ごっこなんだから。いつもみたいに、体育倉庫でそうするようにしゃべればいいと自分に言い聞かせる。

「あの、私、あの、私、あの、私、あの」

そこから先が出てこない。体育倉庫だったらみんなここで笑うのに、教室じゅうは静まり返って、私のか細い声に耳をそばだてている。先生の表情が瞬間目に映る。薄汚い猫を遠くからじっと見つめている、そんな表情。

「由美子ちゃんが、あの、由美ちゃんが、いど移動教室で、あの、私、遅れるのは、私を、私を待ってくれてるからで、あの、由美子ちゃんじゃなくて私、あの、私が、私が」

その先は、どうがんばっても言葉は出てきてくれなかった。こういう自分をわざとやっているわけでは決してないのに、口を開けば、あの私と繰り返してしまいそうで、私は立ったままじっと黙った。耳のあたりからびっくりするほど熱くなり、その熱は顔じゅうに広がっていく。泣き出したいほど怖いのに、心のどこかで私は、今の自分の顔を鏡に映して見てみたい、なんて思っていた。

だれも何も言わなかったし、笑いもしなかった。ただじっと私を見上げていた。私を取り巻く視線は、学校ごっこを一緒にやっている人たちのものとは思えず、まるでほかのクラスに入ってとんでもない失敗をしてみせたみたいだった。みんなの視線に縛《しば》られるようにして立ち、ふと、私は本当に頭が不自由なのではないかと思った。本当に頭が不自由で、本当にうまくしゃべることのできない、そんな子供なのではないか。鏡に映るのは赤く染《そ》まった見たことのない顔なのではないか。

「いいのよ」

やっと発せられた声はみどり先生のものだった。私は熱くて重苦しい顔を持ち上げた。先生は慈愛《じあい》に満ちた目で私を見下ろしていた。その目つきはまったく、今すぐこの場所で私を大泣きさせたい気分にさせてしまうほど優しかった。

「あわてなくていいのよ。希実子ちゃんの言いたいこと、先生はあとでゆっくり聞いてあげるから。ゆっくり落ち着いて、あわてなければ、ちゃんと先生にお話しできるわね？」

大きく口を広げ、一言一言正しい発音をして先生は言った。あとで先生の所へ来てちょうだい、というみどり先生の言葉でお帰りの会は締《し》めくくられた。

なんだかとんでもなく違う方向に物事が動いている気がする、そう思いながら職員室に向かった。このままずっと廊下《ろうか》が続いて、職員室にたどり着かなければいいのにと願うような気持ちで歩いた。

先生は私を前にして、よくわからないことを歌うような調子で延々としゃべっていた。何一つわからなかった。ときどきおかあさんが音声を切り替えて見ているＴＶ映画みたいだった。何もわからないので私はただ黙って下を向き、黄色い花びらの飛び交う柔らかそうな先生のスカートを見ていた。

「下校時間です、学校に残っている生徒は――」聞き慣れた声がして、下校の曲が流れ始めると先生は私の手を握りしめて言った。

「先生は怒っていないの。ただ悲しいの。希実子ちゃん、それはわかってね」

それで私はようやくわかった。確かにとんでもなく違う方向に物事が動いている、いや動いてしまったのだということが。きっと明日から先生は私を、「びしょぬれで病気で泣き声も出せずしかも魚屋で食料を盗むたちの悪い猫」でも見るような目で見るだろう。それでも平気だと思っていた。それがごっこだということをみんなが知っていてくれるのならば。

職員室を出てから体育倉庫に行ってみた。そこはただ薄暗く、しけったにおいがして、何ごともなかったように静まり返っていた。がらりと寒々しい空洞《くうどう》の中に立ち、さっきまで、あるいは昨日まで、私たちがここで遊んでいたことが嘘《うそ》のように思えた。それで私はふいに不安になる。私たちが昨日までここに閉じこもり遊んでいた証拠を捜したくて、薄い闇《やみ》に目を凝《こ》らす。片隅のマットに寄りかかり、爪のかすをほじくって私になりきっていた絵里ちゃんの姿がぼんやりと浮かび上がり、私に向かってあいまいな笑顔を向ける。そこから目をそらし鉄格子の窓を見上げると、暮れてしまった曇り空があった。きっと今日は月は出ない。ゆうべ残した足跡が曇り空に押《お》し潰《つぶ》されて、どこへ戻ったらいいのかわからないに違いない。

田中希実子が犯人だと思う人！　グラウンドの壇の上に立った先生が、マイクに向かって大声をはりあげる。グラウンドに並んだみんなは握っていた縄を投げ捨てて、ぴったりと揃った動きで右手を挙げる。そのままみんな、右足を軸にきゅっと曲がって私のほうを向き、足元の縄を拾い、音楽に合わせるようにこちらに向かって走ってくる。縄の刑、始め！　の声に合わせて、まわりを取り囲む大勢の生徒たちは左手に持った色とりどりの縄を振り上げる。一人も遅れず一人も狂わないその動作は美しく、そのあまりの美しさに恐怖すら感じ、固く目を閉じて私はその場にしゃがみこむ。

そこで目が覚めた。昔に戻ってまたおねしょをしてしまったんじゃないかと思うくらい、パジャマはびっしょり濡《ぬ》れていた。


早朝の靴箱はまだ眠りの中にいるみたいにしんとして、そろそろと床から這《は》い上がってくる陽の光を拒否しているようにも見える。クラスのみんなはまだだれも来ていないらしく、ブルーの上履《うわば》きがきちんと並んでいる。一つだけ、ピンクのスニーカーに変わっていた。そこは絵里ちゃんの靴箱で、私はきょろきょろとあたりを見まわして絵里ちゃんの姿を捜した。

中庭を通って校舎に入る前、視界の隅で人影が動いた気がして立ち止まった。中庭の裏には焼却炉と、別の校舎の非常出口がある。教室に行くにもまだ早いし、薄い自分の影を踏んで私は中庭の裏へまわってみた。

焼却炉の前に立っていたのは絵里ちゃんだった。けれどそこに立つ絵里ちゃんのまとった雰囲気は、気軽に声をかけられるようなものではなく、思わず足を止めて陰に隠れ絵里ちゃんの横顔を見た。絵里ちゃんは右手でミッキーマウスの袋をごそごそとかきまわし、何かをつかんで焼却炉の蓋《ふた》を開け、その中にぽとん、と落とした。

財布だ、ととっさに思った。絵里ちゃんが焼却炉の蓋を閉める前に私は急いで引き返し、靴箱に戻った。靴箱の前でじっと立ち尽くしている私を、やってきた上級生が変な目で見て通り過ぎていく。しばらくそこでじっと息を殺し、もう一度焼却炉まで行ってみた。もうそこに絵里ちゃんはいない。錆《さ》びた焼却炉の蓋を開けると、まだ火のつけられていない焼却炉の中に、赤い小さな財布がぽつりと落ちていた。

絵里ちゃんがみんなのお財布を盗んだ犯人だろうか。それとも、絵里ちゃんは自分で自分のお財布を捨てたのだろうか。また騒ぎが起きるように。その答えはわからなかったけれど、昨日の遊びはまだ終わらないのだということだけがなんとなく理解できた。

チャイムが鳴る直前に教室に入った。教室は昨日までと何一つ変わっていないように思えた。輪を作って騒いでいるクラスメイトたち、出席簿を小脇に抱《かか》えて現われるみどり先生、いつもと変わらず読み上げられていくあいうえお順の名前。私は机にはりつくようにしてクラスメイトたちを見まわした。私の名前が呼ばれる。声を出そうとするがかすれて出ない。もう一度先生が私の名を繰り返す。先生は私を見ない。クラスメイトたちも振り返らない。は、はいと、ようやくしなびたような声が喉から滑《すべ》り落ちる。次の人の名が呼ばれ、時間はまたいつもどおりさらさらと流れていく。昨日は大変だったね、でも今日の犯人役は別の人だよ、いつもの遊びなんだから。私の肩をたたき、だれかがそう言ってくれるのを私は待った。先生でも絵里ちゃんでも由美子でもいい。けれどだれもそうは言わず、まるでゆうべの話し合いもなかったように朝の会が終わり、一時間目が始まる。クラスみんなは先生に求められるまま手を挙げたり教科書を朗読している。私だけが薄いガラスのカプセルで遮断《しゃだん》されたように、ごっこと現実の教室に挟《はさ》まれてあたりをぎょろぎょろと見まわしている。

三、四時間目の体育はマラソンだった。並んでスタートしたみんなはどんどん私を追い抜いていく。いつか私は一人離れて、みんなの背中を見つめて走っていた。みんなの後ろ姿のその向こうに、古びた体育倉庫の窓がぽっこりとした暗闇を見せている。私を追い越していく背中の一つ一つにゼッケンがはりつけてあり、出席番号と名前が書かれている。小さく揺れながら次第に遠のいていくそれらの名前を追いかける。昨日立ち上がった私を凝視《ぎょうし》した、刺《さ》さるようなみんなの視線を思い出す。壊れてしまったみたいにうまく動かない私の口を思い出す。一つ一つのゼッケンに追いついて振り向かせたら彼らは私の知らない顔をしているのではないかと一瞬思う。次第に気分が悪くなり、右足と左足がもつれ、私はその場にしゃがみこむ。びりを走る私に追いついてしまった早坂くんが、しゃがみこんだ私を見もせずに追い越していく。

先生が駆け寄ってきて、私の両腕をつかんで立ち上がらせる。どうしたの？　大丈夫？　保健室に行きましょう、甲高い声がどこか遠くのほうで聞こえる。両腕にまとわりつく湿った掌を払い、私は一人で校舎を目指して歩いた。

長い時間かけて水道で口をすすぎ、靴箱で靴を取り替え、校舎へ入ろうとしてふと裏庭へまわって見た。ひっそりと扉を閉ざした焼却炉に近づき、重い扉に手をかけた。中をのぞく。黒い燃えかすに半ば埋もれるようにしてそこにある赤い点をしばらく眺めた。そうして赤い一点を見すえたまま、自分のしてしまった最大の間違いに気がついた。

私はこうして授業を抜け出すべきではなかったのだ。どんなにつらくても、その場で吐いてしまっても、グラウンドにへばりついているべきだったのだ。ひんやりと冷たかった扉の取っ手が、私の手の中で次第に生温かく湿り気を帯びてくる。午後になり、財布がないと絵里ちゃんが騒ぎ出したとき、きっとだれかが言うだろう。体育の時間、田中さんは一人で校舎に行きました、と。先生が一緒に行こうとしたのにどうしてその手を振り払って一人で歩いていったんですか？　歩けるのにどうしてしゃがみこんだんですか？　グラウンドを出てすぐ保健室に行ったんですか？　そのことを証明できる人はいますか？　それらの質問に私はどもらずに答えることができるのだろうか。裁判ごっこでやったみたいに、みんなと目配せを交わしながらちゃんと言えるのだろうか、本物の教室で。私は弾《はじ》かれたように上半身を焼却炉に突っ込み、両手を伸ばして赤い財布を拾い上げた。黒く染まった掌を体操服でぬぐい、財布を握りしめて校舎へ向かった。

授業中に歩く廊下はひんやりとしていて、あちこちの教室から物音が漏れている。チョークが黒板を引《ひ》っ掻《か》く音。先生が教科書を朗読する声。筆箱をひっくりかえしたような音。薄い陽にさらされた廊下はすべての音を吸いこんで、一歩踏み出すごとにゆらゆらと揺れて見えた。

私は保健室を通りすぎ、教室に入った。半分開いた窓から入る風にカーテンはふくらみ、ちらちらと柔らかい光を投げ入れている。整列した机の上には筆箱や着替えがだらしなくのっている。絵里ちゃんの机に近づき、ミッキーマウスの袋に財布をねじこもうとして手を止め、ゆっくりと振り返り教室を眺めた。

ふわりとふくらむ淡い黄色のカーテン、眠りこんだようないくつもの机、黒板の消し忘れられた文字、知らない場所にただ一人置いていかれた気がした。燃えかすで汚れた財布を手にしたまま、一番手前の机にぶら下げてある手提《てさ》げ袋をのぞいてみた。

漫画やハンカチの奥に、ピンク色の財布があった。そっと開くと、千円札が二枚、硬貨が少し入っている。私はそれらを抜き出した。次の机のランドセルを開くとやっぱり財布があって、小銭ばかりがじゃらじゃらと入っていた。私は次々に手提げやランドセルを開け、ぽつりと入っている財布を取り出して中身を抜いていった。どういうわけだかどの子もいくらかの金額を入れた財布を持ってきていた。グラウンドから遠く笛の音が聞こえる。走り終えたみんなが整列する様子がくっきりと目に浮かぶ。私は手をとめなかった。そうしてお金を抜いていくことに私はちっともどきどきしなかった。夢だと気づいて見ている夢に似ていた。私は天井にはりついて、夢の中で動きまわる私自身を眺めている。そんなふうに、ずいぶん前にもこうしていたことがあったのではないかと思いたくなるほど手順よく素早く机をまわっている私に、もう一人の自分がどこか遠いところから不安と驚きの混じった視線を向けている。こんなことがあなたにもできるのか、そしてそれをうまくやりきることができるのか、私を見守るもう一人の私を裏切るように、安心させるように、私は無我夢中でクラスメイトのかばんを探る。

風に揺れるカーテンの隙間から、こちらをのぞくように太陽がちりちりと私の頬を照らす。黒い無地の財布、くまの形をした財布、スヌーピーの財布、赤いがま口、私は必死でそれらを開け続ける。どうしてみんなはちゃんとしゃべることができるんだろう。どうしてみんなは縄を落とさずに踊ることができるんだろう。どうしてみんなは頭の不自由な子という役割を与えられなかったんだろう。両手にあふれるお札と小銭、机の間にぽつりぽつりと落ちているいろんな形の財布を私は見つめた。指と指の間から冷たい硬貨がこぼれ落ちるのにもかまわず、落ちた財布を拾って歩き、私は教室を飛び出した。チョークの音もだれかが教科書を朗読する声も、勢いよく走る私の足音に消されていく。並んだドアから漏れてくるどんなかすかな音さえも踏み潰すようにことさら大きな音をさせて廊下をまっすぐに走った。さっきまで気分が悪かったことが嘘のように、このつるつるした廊下をどこまでも走っていけそうに思えた。

　校舎を飛び出して影と日向《ひなた》を通り抜け、グラウンドへ続く階段を一段抜かしで下り、飛びこんだ体育倉庫のあまりの暗さに私はようやく足を止める。掌から滑り落ちた十円だまがあたりに音を響かせて転がっていく。クラスメイトたちの財布とお金をしっかりと胸に抱いたまま、階段を上がり、そこから一本光の筋が伸びている鉄格子の窓に向けて私はゆっくりと歩く。この世のものではないみたいに真っ白く輝くグラウンドに列を作っているみんなが見える。四列に並び、前ならえの姿勢をとり、かすかな歪みも許さぬように彼らは微妙に動いて正確な列を作る。ガラス戸を開け、私は彼らを眺めた。少しの歪みもなくきっちりと並んでいる彼らを眺めた。みどり先生でもほかの生徒でも、だれかがここに立っている私に気がつくだろう、そのとき私は両手に抱えたものを自分の頭上に投げ捨てて、桜の花びらみたいに、音もなく降る雪みたいに投げ捨てて、開いた両腕で大きく手を振ろうと、じっと彼らを見つめた。グラウンドに反射する光に飲みこまれまいとまっすぐ前を向き、前ならえの姿勢をとっている彼らがここにいる私に気づくのを待った。

夏の出口

梅雨《つゆ》が明け晴れた空が広がり始めると、生徒たちはどこかそわそわしだして、それで夏が来たんだ、と知ることができる。校門を出たらウエストを折り返しうんと短くするスカートも、ブラウスから透《す》ける色つきの下着も、日にさらされていっそう白く光るソックスも、一筋のせみの声より濃厚に夏の気配を告げる。

埃《ほこり》のはりついた窓の外から、まるで面白がるように教室をのぞく青空を見て、ああいやだ、と思う。去年も、その前の年も、夏は特別な季節だった。梅雨が明けるのが待ち遠しく、だんだん空気の温度が変わってくると身体の芯《しん》を中心に、しびれたようなじっとしていられないような感覚を覚えて、必要以上に声を大きくしてしゃべっていた。やりたいことだってたくさんあった。新しい水着が泣きたいほど欲しかったし、夏休みが始まったらパーマをかけようとすさまじいほどの情熱で思っていた。もちろんまわりの多くの女の子が同じ状態で、バーゲン、男の子、海、一泊《いっぱく》旅行、私たちは熱のかたまりからこぼれ落ちないようにそれら無数のテーマについて夢中で語り合った。けれど今年は違うのだ。彼女たちがかもし出す熱のかたまりに完全に弾《はじ》き出されて、私は一人席に坐《すわ》っている。夏のもたらす熱が身体じゅうにたまってしまって、内部から徐々に、皮膚《ひふ》までただれていきそうなうっすらとした恐怖を感じてここに坐っている。これじゃいけないのだとあわてて彼女たちに混じり、あれこれとしゃべってみてもぐったりと疲れ、いつの間にか私は口を閉ざしている。教室に吹きこむ風が、まっすぐ差す陽の光が、クラスメイトの一際《ひときわ》大きなおしゃべりの声が、黒板が先生のスカートが、すべてが熱を放っている。

夏休みの予定を嬉々《きき》としてしゃべるクラスメイトたちはきらきらと輝いている。彼女たちの身体は熱を吸いこまずに反射するのだ。彼女たちの反射する光は彼女たちの未来までをもくっきりと照らし出して、ときおり私はたまらずに目を伏せてしまう。こんなとき、私は自分を疑問に思う。ここにいていいのか、私はみんなと何が違うのか。私一人、間違った切符《きっぷ》を買ってしまったのかもしれないと思う。間違った切符を買って間違った電車に乗りこみ、私一人を乗せたその電車はトンネルに突入していった。窓をのぞきこんでも薄汚い闇《やみ》しか見えず、この電車がどこへ行くのかもわからない。早くなんとかしなければ。この電車を下りて、ちゃんと正しい電車に乗らなくては。そうしてあせるのだけれど、トンネルを抜けないし、次の駅が現われる様子もないし、固いシートの上で私はただ貧乏揺すりをしているのだ。

似たようなことが以前一度だけあった。十五歳の夏だった。理由などなかった。突然私は絶望したのだ。自分に、自分のいる教室に、まわりを取り囲むクラスメイトたちに、机に上履《うわば》きに、中途半端につぶれた学生かばんに。あるいはそれは絶望でなくて、違和感だったのかもしれない。三時間目が終わって次の移動教室へみんながやがやと向かっていった。一人教室に残って、いつまでもぐずぐずと教科書をさわっていた私はふとかばんを持ち、たった一人で学校を出た。毎日放課後にそうしているように、玄関で靴《くつ》を履きかえ、人気のない中庭をつっきって裏門から出た。そしていきなり走り出した。だれかが思いきり背中を押したような感じだった。

帰り道の住宅街を無我夢中で走った。昼下がりの道路に人影はなく、目の前にまっすぐ続く坂が白く長く光っていた。家々の合間にある濃い緑はせみの声を隠すようにゆっくりと揺れていた。ただ一つ動き続ける私の影は、白い道に濃く映えた。ずうっと走りづめに走ったおかげでブラウスはべったりと背中にはりつき、顔といい首といい、にじみ出る汗と脂《あぶら》でべたべたした。だるい棒切れみたいになった脚をなかば惰性《だせい》で前へ前へと送り出しながら、私を取り巻く夏を憎んだ。

坂を上りきったところにバス停がある。そこで待っていれば私を家へ送り返すバスがやってくるはずだった。私は坂の途中でふと足を止め、数メートル先に立つバス停を見た。私はどこへ行こうとしているのか、どこへ行くバスに乗ろうとしているのか。乱れた呼吸を耳元に感じ、うなじにはりつく髪に不快感を覚えた。

呼吸が整ってくるころ、さっきまで私の背中を押していた手はいつの間にか力をゆるめていて、その場所に立っていることに妙な罪悪感を覚えた。ずっと続く坂を見上げた。坂を上りきったところから見えるのは、見慣れた風景ではなく、バス停も自動販売機も郵便ポストもない、まるっきり違う景色なのではないか。急に確信に近くそう思った。じりじりと照りつける太陽は坂の向こうの景色をゆっくり腐《くさ》らせ溶《と》かし始めていて、このまま坂を上りつめたら私も夏に飲みこまれ、見知らぬ景色の中に溶けていくに違いない。私はどこから逃げてどこへ行こうとしているのか、もう一度ゆっくりと自分に問い、答えが出そうにないのを確認してゆっくりと振り返り、元来た道を歩き始めた。

けれどあのときと今とは違う。たった一時間の私の不在はクラスメイトたちによってただのサボリとして扱われ、明くる日目覚めるころにはふらりと学校を抜け出したことなど忘れていた。あのときのたまらない気持ち、息苦しく今すぐその場から消えてしまいたい感覚、小気味よいほど強く背を押した何ものかの手の感触を、十五歳の私はそれきり思い出すこともなかった。

　梅雨に入る前に進路のための三者面談があった。行けるところならどこでもいいから推薦《すいせん》でどこか行きたいと母親と私は主張した。実際私も母親もそう願っていたのだ。先生はある短大を薦《すす》め、ここの何科だったら大丈夫でしょうというようなことを言った。そうして先生は手続きの説明や何かを話し出したのだが、私は突然、そこに行かなきゃだめでしょうかと、そんなことを口走っていた。名も通っていず伝統があるわけでもない、それが不満でそこに進学したくないと言っていると思った先生はあきれたような顔で微笑《ほほえ》み、そりゃあ少しは不満かもしれないけれど、自分の成績、素行というものを考えてみて、と話し始めた。そうですよ、行けるところならどこだっていいとあなた自分で言ったじゃないの、まさか有名校に行けると思っていたわけじゃないでしょう、母親も小声でそう言い、私はそのまま黙ってうなだれた。そうではなかった。薦められた短大は確かに規模が小さく、有名でもなんでもなかったが、そういう理由でそう言ったのではなかった。ただきちんとした理由を説明できそうになく、――自分自身に説明することだってできそうになかった――うつむいて爪《つめ》をいじりながら、母親と先生が話を進めていくのを聞いていた。

帰り道、ガラスばりの喫茶店で向かい合ってパフェを食べ、母親と私はその件について話し合った。

「あの学校じゃ何か不満なの？」

母親は訊《き》いた。私は答えず、器の中でアイスクリームが溶けていくのを見つめていた。不満、というほどのものでもない。何かぴんとこないのだ。いや、正確に言えば、しっくりしすぎていてぴんとこないのだった。そんな言葉で母親を納得《なっとく》させられるはずもなく、

「もしあそこに行かなかったら私どうなるのかな」

そうつぶやいてみた。

母親はスプーンでパフェをいじくりまわし、困ったように笑った。

「だって昨日まであなた、行けるところだったらどこだっていい、推薦でどっか行きたいなあって言ってたじゃないの。受験勉強はしたくないし、働くのはもっといやだって。いったい何が不満なのよ？」

その問いに答えることはできなかった。黙ってうつむいていると、どうしたっていいのよ、あなたの人生なんだしね、と母親はため息混じりに言った。あそこがどうしてもいやだって言うなら断わって受験したっていいんだし、だめだったら浪人したって

いいし、働いたって専門学校に行ったたって、お嫁に行ったたってその準備をしたって、どうしたっていいのだと母親は言い、でも、行けるところがあるんだから行っておくのが賢明だと思うけど、とつけくわえた。そう言われて私は窓の外に視線を移し、浪人している、働いている、専門学校に通っている、花嫁修業をしている自分を想像してみた。すべて容易に想像できたが、窓の外をせわしなげに歩いていく人たちの人生と同じくらいそれらにはどれも現実感がなく、またそのうちのどれもやりたいと思えなかった。そうして考えているといよいよあの短大に進むのがいやになってきて、愕《がく》然《ぜん》とした。私は何もやりたくないのだった。何かしなくてはいけないこの時期に、私にはやりたいことの一つもないのだ。ね？　とのぞきこむ母親に、そうかもしれないね、と力無く言った。

明くる日学校に行って、三者面談どうだった？　と私はみんなに訊いてまわった。みんないろいろ言っていたけれどだれも本当のことを言っていないように思えた。できることなら一人一人に向かい合って、卒業したらあなたはどうするつもりなのか、それは本当に自分の進みたい道でやりたいことなのか、それはいつどんなふうに決めたのか、きちんと訊きたかった。けれどももちろん、そんなことは怖くてできない。みんなそうに決まっているのだ。私たちは入学した年から、何かにつけて進路はどうするのか考えなければならなかったし、どんないい加減なものにせよ、ずっと抱《いだ》いてきた考えを三者面談の途中で変えてしまう人なんているはずがないのだから。

今受けている試験が終わったら試験休みになり、そしてすぐ夏休みが始まる。その夏休み、私は三人の友達と一緒に島に行く。性欲を持てあました若い子たちが集まり、島ごとフリーナンパ状態になっているらしいその島へ行くことにあまり気は進まないのだけれど、この計画はもうずいぶん前に決めてあった。三年に上がってすぐ、何泊《と》するかだのどこに泊まるかだの夢中になって話し合いながら、そのころにはもう進路を決めていようと私たちは約束し合っていた。その約束どおり、ゆりちゃんとハルナは推薦のあてをつけていて、夏子は進む専門学校を決めている。帰り道彼女たちは私を誘って喫茶店に行き、夏休みのことをきらきらと話す。私はただそれを、熱に浮かされたみたいにぼうっと聞いている。それまでに絶対三キロやせるんだ、絶対彼氏見つけるんだ、絶対エッチしちゃうんだ、甲高《かんだか》い声で彼女たちはしゃべる。私の窓からはただ暗闇だけが広がっていて、その島も、海も、男の子たちも見えない。

夏休みが始まった。庭の隅《すみ》にはずいぶん前に植えたひまわりが涼しげに花を咲かせ、クーラーのきいた室内の陽の差さない部分は、陰がじっとりと濃くなった。私はそこに、バスタオルや水着や下着をばらまくように並べ、島に行く支度をした。島に行ったって行かなくたって何も変わらない、帰ってきたらまた同じことの繰り返しが始まるのだとどこかで思いながら荷物を詰める。だんだん首を垂《た》れていくひまわりを見つめ、日にやけた身体を横たえて、どうするか決めなきゃな、どうもしたくないな、でももう決めなきゃいけないしなと、退屈なしりとりみたいに考えるのだ。ああ、いよいよ身体じゅうが夏の熱をとりこんで、内部から腐り始めているのかもしれない。もう永久にいいことなんて起きない気がする。最高にやさぐれた気分で、けれど明日の準備はきっちりと終わった。

食事を終え、自分の部屋に戻ると母親が追ってきて、旅行についての注意事項を言い始めた。母親はときどき私の買ってくる若い子向けの雑誌を読んでいるから、明日から私の行く島がどんなところなのか知っているらしく、知らない人の車に乗ってはいけない、ご飯をおごってもらってもいい気になってついていっちゃいけないと、幼稚園児に言うようなことを言い立てる。しまいに母親は口をすべらせその島を「妊娠《にんしん》島《じま》」と表現したのでそれには堪《こら》えきれずに笑った。だってそうじゃないの、笑われて母親はむきになる。

「変な手記がたくさん寄せられてるじゃないの、あそこに行って妊娠したってみんな言うじゃないの」

「妊娠なんて、しないよ」

笑って言い、母親を部屋から追い出した。

明日の集合時間が早いので早目に風呂に入り、湯舟の湯をうんとぬるくしてつかりながら、泣き真似《まね》をした。風呂場で私はときどき泣き真似をする。思いきり泣けたらずいぶん気持ちがいいだろうな、と思い、顔を歪《ゆが》ませて泣こうとしてみるのだけれど、それはいつもうまくいかない。泣き真似をしているうちに「妊娠島」を思い出して噴き出した。私にそんなことができるわけがないのに。妊娠はおろか、そこで会った子とキスしたりセックスをしたり、そんなことでさえこの私にできるはずがないのに。もし自分がそんなことのできるような人だったら、そんな可能性を持っているのだったら、私はもっと自分を尊敬している。自分が何もしたくないと思っているそのことを、安心して眺《なが》めている。

待ち合わせ場所の駅に、ゆりちゃんたちは気合いの入った恰好《かっこう》で現われた。ミニのワンピース、ノースリーブのシャツ、大きな花柄《はながら》のミニスカート、彼女たちが身に着けているものはどれもこれも、正札がついているんじゃないかと思うほどさらっぴんで、それらに包まれた彼女たちも清潔な真新しい女の子に見えた。自分の身に着けてきた、着古したTシャツとショートパンツが急に恥ずかしくなる。

「ねえ、向こうにいる間は干渉《かんしょう》なしにしよう」

電車に乗りこんですぐ、ハルナがそう言い出した。どこに行くのも何をするのも四人一緒、そんな馬鹿みたいな真似はせず、たとえばこの中のだれかが男の子に声をかけられ、二人でどこかへ行ってしまったとしても、絶対口出ししたりあとを追ったりしない。それがハルナの言う「干渉なし」だった。うなずいてから、ほかの二人はハルナの提案に賛成し、つられて私もなんとなくうなずいた。うなずいてから、みんなの帰ってこない旅館の一室で、独りぼっちで眠る様子が思い浮かんだ。

　島に渡るフェリーに乗りこむ乗客は、ほとんど私たちと同年代の人ばかりだった。夏間近の教室を、何十倍にもふくらませたほどのにぎわいようだった。フェリーが港を離れるころに、何人かの男の子たちが声をかけてきた。何泊するの？　もう宿決まってる？　どのへん泊まるの？　話しかける人によって、ハルナたちは愛想よく答えたり、またぶっきらぼうに答えたりしていた。ぶっきらぼうに答えられた男の子たちはその場を離れ、じっと目で追っているとまた別の女の子のグループに声をかけている。フェリーの中をぐるりと見まわすとどこでも同じような光景が見られ、集団就職と集団見合いが同時に行なわれているようだ、と思った。このまま私たちはどこかの工場に連れていかれてしまって、そのまま有無を言わさず働くことになってしまえばいいのに、と重ねて思う。どんな仕事でもどんな相手でも、これがあなたの役割なのだと神様かだれかに強く命令されたら、私ははいと素直に応じる。

フェリーが動き出してしばらくすると、ハルナたちは私から少し離れたところで、四人連れの男の子たちと楽しげに言葉を交《か》わしていた。そちらを見ている私と目が合い、ゆりちゃんはこっちへおいでと目配せをする。あいまいに笑って目をそらした。私たちは競《せり》にかけられてる野菜じゃないのに。男の子が大袈裟《おおげさ》な身ぶりで何か言い、ハルナたちは腰《こし》を折ったり手を叩《たた》いたりしていつもより高い声で笑い、私はその光景をちらりちらりと盗み見る。あの子たちは間違った切符を買ってしまったのかもしれないないなんて、考えたことはないのだろうか。自分一人を乗せた電車がトンネルに入ってしまったと不安に思うことはないのだろうか。あんまりわざとらしく、またそのわざとらしさを心から楽しむように彼女たちが笑うものだから、そんなことを考える。そして同時に、そんなことを考えている自分がいやになる。そんなことは何もフェリーの中で考えることじゃない、自分ちの風呂場で考えればいいことだ。

私は一人デッキに出て、フェリーにぶつかっては戻されていくお菓子みたいに白い波を眺めた。海はきらきらと光っていた。海なんて見たってどうせつまらない、と期待していなかった私は、視界が徐々に海に埋《う》められていくと少し感動した。緑に、白に、青に、生きているみたいに水面は色を変え、それはとても美しかった。そうして海を眺めている私にも、声をかけてくる男の子がいた。一人？　まさかね、友達どこにいるの？　背中で発せられる乾いた声を、街角のアンケートの人にそうするようにひたすら無視し、私は海に見入っていた。男の子はしばらく私の背中に話しかけていたが、しかとこいてんじゃねえブス、と捨てぜりふを残していなくなった。私をやっている私にふいに失望する。どうして来ちゃったんだろう、といまさら思わないように水面を凝視《ぎょうし》する。どこからか突然あがる嬌声《きょうせい》も、何かを熱心に話し合う女の子の甲高い声も、しかとこいてんじゃねえブスという一声も、潮くさい風に流され海に舞い降りていき、水面はちらちらと笑うみたいにそれらを吸収していった。

その島は車で数時間走れば一巡できるくらいの大きさで、フェリーからビーチが見渡せた。横長に続くビーチは、全国の夏休みを集結させたようなにぎわいようだった。パラソルが並び、海の家が連立し、ごっちゃりと集まった人々で、砂の色が白いのか黒いのかもわからない。フェリーが船着き場に近づくにつれ、どこかそわそわし始めている自分を感じた。陽の照りつけるビーチに渦巻《うずま》いている熱気、無闇に浮かれたその雰囲気の中に、簡単に溶けこめそうな気が一瞬した。今のことも先のことも何も考えず、あの中に混ざり合って笑い声をあげ、軽い雰囲気の男の子たちと言葉を交わしたり、あるいはその中の一人と恋をすることでさえ、とても簡単なことに思えた。

フェリーを下り、迎えに来ていた送迎車で旅館に向かった。ビーチを離れて走り出すと、車の窓から見える街はひっそりと静まり返っていた。街に存在するはずのパワーがすべて海に吸い取られてしまったような、くったりした風景が続く。車の中でハルナたちは、フェリーで会った男の子たちの批評を繰り広げ、私は大きな声をあげて笑った。人気のないコンクリートに陽の光がだらしなくはりついていた。

夕方まで数時間しかなかったが、私たちは水着を着てビーチに行った。人の合間にスペースを見つけ、まだ白い肌を横たえる。サンオイルを身体じゅうに塗《ぬ》りたくりながら、三人はまださっきの男の子たちの話をしている。

「ちょっと泳いでくる」

そう言い残し、白い波めがけて走った。何度も人にぶつかりながら海を目指し、生温《なまぬる》い水をかきわけて進み、足がつかなくなりそうなところで思いきり身体を波間に放り出す。少しでも遠くに行けるように必死で平泳ぎをした。水に顔を埋め、息を吸うために持ち上げると目の前に、浮輪につかまったカップルが見える。もう一度顔を上げると二人は抱き合っていて、もう一度顔を上げるとキスをしている。私は蛙《かえる》みたいに無邪気に、彼らを背にして波打ち際へ泳いで戻った。

　パラソルの下にはオイルで身体じゅうをてらてらと輝かせたゆりちゃんだけがいて、私がいない間にどんな男たちが声をかけてきたか逐一《ちくいち》教えてくれた。ハルナと夏子は「色ばっかり濃くて粘《ねば》っこい感じの人たち」と一緒にどこかへ行ってしまったという。放り出されていたサンオイルを足に延ばしながら訊いた。

「ゆりちゃんは一緒に行かなくてよかったの?」

「私あんな、やらせろ系の人って好きじゃないもん。それに私はべつに、ハルちゃんたちみたくここでエッチしようとか決めてきたわけじゃないし。あの二人、ひょっとしたら今夜帰ってこないかもね」

「なんか勢いいいよね」

思わずそう言うとゆりちゃんは笑った。オイルを塗った足を突き出すと砂がはりつき、髪からしたたる水滴がびっくりするほどの冷たさで背中を滑《すべ》っていく。ねえ、どこから来たの?　パラソルから日にやけた男の顔が二つのぞく。

　案《あん》の定《じょう》、その日ハルナと夏子は帰ってこなかった。部屋に用意された四人分の料理をゆりちゃんと食べ散らかし、旅館の人がそれを下げていったあとで畳《たたみ》に寝転《ねころ》がった。

日にやけてほてった肌に畳はしっとりと吸いつき、ひんやりした感触が心地よかった。私たちは冷蔵庫に入っていたビールをするように飲んだ。

「さっき、ここでエッチしようって決めてきたわけじゃないってゆりちゃん言ったでしょう？」

隣に寝転んで、水滴だらけの缶《かん》ビールを額《ひたい》にのせているゆりちゃんに訊いた。うん、眠たげな声でゆりちゃんは答える。

「じゃあ、どんなことをしようって決めてきたの？」

「べつに、何も」ゆりちゃんは言った。「最後の夏休みだしさ、こんなふうに旅行できるのもきっと最後だろうなあって思ったし」

「最後って？　ゆりちゃん就職じゃないでしょ？　女子大生になったら旅行なんてもっとたくさんできるじゃない」

「ううん、そういうことじゃなくてさ。そりゃ日本の大学生なんて暇度数《ひまどすう》ナンバーワンだから旅行はできるだろうけど、そのときの旅行はきっとこんな感じではないと思うの。きっと明日になったらハルナたち戻ってきて、どんなことがあったのか目輝かせて話してくれるだろうし、そんなの聞いてたらすごくもりあがるだろうし、なあんかこの、無闇に浮き足立った感じ、みたいな、こういうのは最後だと思うな」

そう言ってゆりちゃんは首だけ起こし、缶ビールに口をつけた。ゆりちゃんがそんなことを言うと思っていなかった私は、突然隣に寝転んでいる女の子をものすごく身近に感じた。間違った切符と間違った電車のこともわかってもらえそうな気がした。けれどそれをどんなふうに伝えればいいのかわからず、冷えた缶に唇《くちびる》を押しつける。

「私、先のこと、なんにも決まってないんだ」一本目のビールを飲《の》み干《ほ》してから、私は言った。「短大の推薦もらえるらしいんだけど、まだ決めてないの。そこに行くのがいやっていうより、何か決めるのもいやっていうか……。いやって思ってたって仕方ないのに、どんどんあせるばっかりで何もできないんだよね」

「あせるって、あるよね」

私の話をさえぎり、顔を近づけてゆりちゃんが言う。

「だってゆりちゃんは決まってるじゃない。女子大行くんでしょ？」

「決まってるとか、そんなの関係ない。何かあせるもん。なおちゃんは決まってないからあせってるの？　きっと違うと思うな。その短大に行くって決めたとしてもあせると思うな」

「そうかな」

私たちは二本目のビールを開けた。

「卒業式の日取りも決まってるし、入学先も決まってるし、だれかがすごい力でどんどん背中を押していって、でも押されてる私は、ちょっとタンマって思ってるの。ちょっとタンマして、とまりたい、みたいにさ。小学校のときすごく好きな子がいてね、でも好きでも先には進めないじゃない。子供だからちゃんとしたデートだってできないし、電話し合ったりしないし、もちろんキスだのエッチだのも考えなくていいじゃない。好きなら好きで、ただそこにとまって好きだと思ってて、何もする必要がなくて、そういうのがいいな」

ゆりちゃんの言うことはなんとなくわかるような、けれどきっちりとはわからないような、ともかくもっと言葉を費《つい》やして話していたかったけれど、ビールをすすっているうちに眠ってしまったらしい。ふと気がついて目を開けると、電気は消えていて障子《しょうじ》が青く光っていた。ゆりちゃんは畳に大の字になって眠り、静かな寝息をたてている。遠くで波の音が聞こえた。青白く染まったゆりちゃんの寝顔をしばらく眺めてから、私もゆるゆると畳に全身を伸ばした。

温泉や神社や、ほかの名所も見にいこうかと話し合ったが、結局明くる朝私たちは水着を着てビーチに行った。少し泳いでからビーチに横たわる。髪から肩にしたたるひんやりした水滴を、一つ、二つ、と数えているうちに眠気を感じた。執拗《しつよう》に繰り返される波の音と、あちこちから聞こえる意味をなさない言葉が次第に溶け合って、その渦の中心に吸いこまれるように眠りに落ちた。

どのくらい眠っていたのか、すぐ耳元が何やら騒がしく目を開けた。ゆりちゃんの隣に見知らぬ男の子が二人坐っている。

「あ、起きた？　この人ね、橋口くん、この人が原田くん。あのねえ、この人たちS高校なんだって、びっくりじゃない？　すごい近所。コーラおごってもらっちゃった」

ゆりちゃんがあんまりにこやかにそう言うものだから、まだ夢を見ているのかと思った。ゆっくり上半身を起こす。ゆりちゃんは素早く私の耳元に口を近づけ、橋口くんてちょっと好み、とささやく。まだ眠気の残る頭にその一言はきちんと届かず、髪をかきあげると汗とサンオイルで額も首筋もぬらぬらした。男の子たちは私に向かって笑いかける。彼らに寝顔をさらしていたこと、汗だくのまま彼らと向き合うことがひどく恥ずかしく、それは不快感になって私を覆《おお》う。私は小さく頭を下げた。

「この子はね、なおちゃん。今やる気ない病なの。ね？　この人たちねえ、受験するんだって。受験生がこんなとこで遊んでていいのかって言ってたの」

「いいんだよ。おれたち天才なんだもん」

「嘘々《うそうそ》、半分諦《あきら》めてんの。それにこの季節予備校の教室でじとじと勉強するなんてもったいないじゃん。彼女、なおちゃんだっけ？　彼女も推薦組？」

「ううん、この子はね、推薦してくれるっていうのに迷ってんの。なんたってほら、やる気ない病だからさ、なんにも決めてなくて、しけてんの」

「プーやりゃいいじゃん、なあ」

彼らの会話に加わろうと、そうだよね、と笑ってみせる。橋口くんとゆりちゃんが何か話し始めると、もう一人が私に質問を始める。どこに住んでるの、彼女とは同じクラス？　文系、理系？　ねえM女なんだよねえ、だったらあの店知ってる？　いつもどのへんで遊んでんの？　一緒に笑い合うのも言葉を交わすのも、恋をするのも簡単そうに思えた昨日の気分を思い出す。そうだ、ここにこうして坐り、笑ったり答えたり何か質問したりしているだけでいいのだ。私は彼の質問に一つずつ答えていく。男の子と、こんなふうに自然に話すことができるのかと驚くくらいなめらかにしゃべっている自分がいた。確かにそれは、昼休みに学校を抜け出してお菓子を買いにいくことくらい、カラオケボックスでうたを歌うくらい簡単なことだった。じゃああなたは？　予備校、どこ行ってるの？　へええ、そうなんだ。けれど、言葉を費やせば費やすだけ、笑顔を作れば作るだけ、嘘くさく思えてくる。どこに住んでいて、学校帰りはどこで遊んで、休みの日は何をして、全部嘘っぱちを並べて、あるいは私でないだれかの生活をしゃべっているようだった。たかが数秒間顔の筋肉を使っただけなのに、ひどく疲れた。さっき感じた不快感がよみがえる。顔も首も腕も、身体のどこもかしこもべたべたする。腐敗臭《ふはいしゅう》をかいだ気がするほど気持ちが悪い。浮輪を持って立ち上がり、砂を払った。

「どこ行くの？」

目の前の男の子が訊く。

「ちょっと泳いで、目、覚ましてくる」

そう言い残してその場を去った。寝転がった人の身体をよけて歩き、少し離れてから振り返る。ごちゃごちゃと固まった人々の合間に、男の子たちと向き合って笑うゆりちゃんの姿が見えた。ちょっとタンマって言ったじゃないか。デートもできず電話もかけ合わず、キスもセックスも関係なく、そこにとまって好きなのがいいって言ったじゃないか。もちろん彼女は何も悪いことをしていないのに、裏切られた気がした。

スヌーピー柄の浮輪につかまりぬるい海水を漂《ただよ》う。見上げると空には一つの雲もない。耳元で波がたぷたぷと音をたてはじける。点滅するように光る水面や、ビニールのボートに乗って沖を目指す女の子たちの水着や、目の端を横切っていく小麦色の肌がまぶしく、両手で浮輪につかまったまま海にもぐる。息が続かなくなると顔を上げて空を眺め、また息を吸いこんで水面に顔を埋めた。だれかに背中を押されて、ゆりちゃんは好みのなんとかくんと恋をするのだろうか。日取りの決まった卒業式や入学式をこなすように。

水面に顔を埋め、空を見上げて深く息を吸い、そんなことを繰り返していくうち、私はなんてダサいことをしているんだろうとふと泣きたくなる。ここへ来るべきじゃなかったと思わずにすます何か、濁《にご》った水面を横切る魚だっていいし鮮やかな木々の緑だっていい、フェリーにいたときのように見とれることのできる何かを捜すが、視線を動かすたびそれは、笑い合う女の子やぴったりくっついて泳ぐカップルにぶつかる。気分を高揚《こうよう》させられる何も見つけられないまま、浜辺に上がった。

ゆりちゃんはさっきの男の子たちと同じ姿勢でまだ話しこんでいる。

「ねえねえ、山手線ゲームやらない？　罰《ばつ》ゲームありで」

私を見上げた髪の短い男の子は額にびっしり汗を浮かべている。

「ちょっと聞いてよ、この人たちねえ、歴代の残虐《ざんぎゃく》事件とか、世界のカルト教団とか、変な題目ばっかり出すんだよ、このままだったら私負けちゃうよお」

「自分だって犬の種類とか紅茶の種類とか、そんなのばっか言うじゃんよ」

ゆりちゃんは高い声で笑い、ごく自然になんとかくんの肩に触れる。

日が傾くころ、食事に行こうという彼らのしつこいくらいの誘いをゆりちゃんは断わった。私たち、今夜は二人っきりでしんみりと飲むの、邪魔《じゃま》しないでね、ゆりちゃんは笑って彼らに手を振る。彼らはしばらく食い下がっていたが、結局背を向けて人混みの中に消えていった。

「あいつら、きっとほかの女の子に声かけんのよ」

「ゆりちゃん一緒に食事しにいくかと思った。なんとかくんが好みって言ってたじゃない」

彼女が誘いを断わったことにほっとしていたが、耳に届く私の口調には少々刺《とげ》が含《ふく》まれていた。

「言ったでしょ？　私、ここに彼氏捜しにきてるんじゃないって。本当に食事だけだったらいいけど、なんだか面倒そうじゃない、いろいろ」

あっさりと言って、ゆりちゃんはさっさとあとかたづけを始めた。そしてふと手を休め、

「勢いよくないのよ、私」

と、無表情でぽつりと漏《も》らした。

ゆうべと同じようにして私たちは行儀の悪い夕食をとった。デザートのメロンをスプーンでいじりながら、

「ハルナたち今日も帰ってこないつもりかな」

ゆりちゃんが言う。

「なんだか、つまんない」

箸《はし》を持ったままあおむけになり、ひりひりする肌を畳に押しつけてつぶやいた。言ってから、他人の秘密をばらしてしまったようなばつの悪さを感じた。

「そうかな」ゆりちゃんはちらりと私を見る。「じゃあなおちゃんは、どうしたいの。どうしたらつまらなくないの」

「そんなの、わかんないよ」

私はずるずると冷蔵庫まで這《は》っていって、缶ビールを二つ取り出した。一つをゆりちゃんに渡し、プルタブを開けたときノックの音が聞こえた。おそるおそるドアを開けると立っていたのはハルナと夏子で、私たちが何か言う前に、

「ドライブ行かない？」

と言ってくる。

「昨日の子がね、車借りたのよ。それで友達も連れておいでよって。みんなでドライブ行こうって」

「今日も帰ってこないかと思っちゃった」

「昨日もずっと二人は一緒だったの？」

彼女たちにせかされ階段を下りながら、私とゆりちゃんは口々に訊いた。

「あとであとで、あとでゆっくり話すわよ」

なんだか妙にはしゃいでハルナは言う。

　旅館の前にランドクルーザーが停まっていた。ウインカーの黄色い光が、ちかちかとせわしなく暗い路上を照らす。前後の窓から二人の男が顔をのぞかせ、よう、と声をかける。二人は顔のつくりこそ違ったが、ゆりちゃんの言うとおり不自然に色が黒く、おそろしいほどよく似ていた。はじめまして、私とゆりちゃんは口の中で挨拶《あいさつ》をした。

　助手席にはハルナが、二列目には夏子が坐り、私たちが三列目に腰を落ち着けると車は走り出した。車の中で彼らはそれぞれ名前を言い、簡単に自己紹介したが覚えられそうもなく、私はひそかにハルナの隣で運転している男を黒一号、夏子の隣の男を黒二号と名づけた。昨日彼らにどんなことがあったのか、私は隣のゆりちゃんと目配せをし合いながら、背筋を伸ばして前席に坐る二組のカップルをちらちらと見た。黒一号二号は、私たちのことを「彼女」と呼んだ。ねえ、彼女たち今日は何してたの？たくさんナンパされた？　彼女たち、夕飯もう食った？

　ハルナは見せつけたいのかと思ってしまうほどなれなれしく黒一号に寄り添い、肩に触れたり手に触れたりし、甲高い笑い声をあげる。夏休みに入ってすぐ色を落とした彼女の髪が笑うたび揺れ、銀のバレッタがちらちら光る。なんだか知らない女の子みたいだった。教室でスカートをめくり上げ下敷きで扇《あお》ぎ、くそ暑いよ、と漏らしたり、試験のとき真剣な面持でうつむいてシャープペンシルの先を噛《か》んでいた彼女とは全然違う、いつもこうしておしゃれをして男の子と遊んでいる見知らぬ人みたいだった。彼女の後ろ姿を見ていると悪者に誘拐《ゆうかい》される子供みたいな気分になる。それで私はシートにちんまりと腰を下ろし、隣に坐るゆりちゃんの手を握《にぎ》りたいのをじっと堪えていた。すぐ前に坐る夏子はハルナと比べてあまり元気がなく、黒二号とときおり短く言葉を交わすだけで、気にするようにたびたび私たちを振り返るのがどこか私を安心させた。幾度目かに夏子が振り返ったときゆりちゃんが訊いた。

「夏子たち、今日は何してたの？」

「昼ごろビーチに行って、それから、知ってる？　隣の島に行けるのよ、小さなボートで。そこに」

「もう信じらんないくらいきれいなんだよ、あっち行っちゃったらこの島のビーチでなんて泳げないよ」

夏子をさえぎり、ハルナがこちらに身を乗り出してくる。

「これからどうする？　彼女たち、どこか行きたいところある？」黒一号が訊く。

「ビーチはやめておいたほうがいいよ、みんな花火持って出てきて、昼間と変わらないから。ビリヤードやる？　それか、ディスコとか行ってみる？」

「ええ、私ビリヤードやったことない。簡単？　すぐできる？」

ハルナが口をはさむ。できるよ、ばっちり。黒一号が答えている。

「ディスコってどんなんだろ、しょぼいんだろ、どうせ。岬《みさき》に行けるって言ってなかったっけ？　夜景、見えんじゃねえ？」

「居酒屋いくってのは？　なんか、魚のうまい店とかありそうじゃん。彼女たち、酒飲めるよねえ？」

「いいっすねえ、魚のうまい店」

一号二号が言葉を交わしている間、窓の外を見た。沿岸沿いを通る道路からビーチが見え隠れする。確かに、海は見えず白い煙と、煙の中に浮かび上がる人の姿が見えた。ところどころ車が停めてあったが、まっすぐ続く道路を走っている車はさほどなかった。ビーチと反対側は突然コンビニエンスストアの明りがこうこうと光っていたり、また街灯だけを残してすとんと暗くなったりした。この小さな島にビリヤード場やディスコがあるなんて嘘みたいだった。ふと、送迎車から見た町の光景を思い出す。パワーをすべて吸い取られた、くらげみたいに静かな町。いったい冬はどんななんだろう。海の家はすべてかたづけられ、ビリヤード場も若い人向けの飲み屋もディスコも人気がなく、ただ灰色の海だけが波を踊らせているのだろうか。ひょっとしたら、ディスコもビリヤード場も、あのにぎやかなパラソルも海の家の呼びこみも、ここに集まった数えきれない人たちが共同で作り上げた幻なんじゃないだろうか。

両手いっぱいに花火とビールを抱《かか》えた集団が、ビーチに向かって歩いていくのが見えた。清潔で真新しいさらっぴんの女の子たちと、彼女たちを取り囲む男の子たち。彼らのあげる歓声は窓を閉めきった車の中にもかすかに入りこんでくる。

一番後ろで黙りこんでいる私たちに気を遣ってか、黒一号二号がかわるがわる自分たちの話をしてくれた。二人は高校から同級生で、偶然同じ大学に進んだのだと言った。通っている大学の話、受験のときの話、独り暮らしをしているアパートの話。私も進路変えて、その大学行こうかな。ねえ今からでも間に合う？　見知らぬ女の子の後ろ姿が黒一号に顔を寄せて訊く。絶対間に合うよ、おれだって秋から始めたもん。ええ、マジ？

彼らの話から、彼らの通う大学を勝手に思い浮かべる。うんと広い敷地、数えきれないほどの教室、学食、休みになったり変更になったりする時間割、そして、そこに自分をはめこんでみる。制服を着ていない私、すれ違う友達と立ち話をし、学食の前でメニューを選び、適当に講義を聞き――。

車のライトが照らし出す夜道が、十五のとき、教室を飛び出して走った夏の道に重なる。頭にこびりついた明け方の夢みたいに、私はあの日の光景を思い出すことができる。まっすぐ続く白い道、どこからかかすかに聞こえてきたバラエティ番組の陽気な司会者の声、犬の鳴き声、ひるがえっていた洗濯物、背中を押した何かの感触。そして私は坂の途中で足を止めた。

坂の向こうに広がる景色が怖かった。教室にいたくないから逃げ出してきたのに、このまま上りつめてそこから見える場所は、逃げ出してきた場所より美しいもののはずがないとふと思ったのだ。今までいた場所だってさほど美しいとはいえないけれど、さらにひどい場所に違いない。そっちに行ってしまったらもう二度と帰ってこられないに違いない。

黒一号と二号、ハルナたちの交わす声が次第に遠のいていき、私はシートに深く沈みこむ。あのとき私の行きたかった場所がどこだったのか、ふいに気づく。私は私のいない場所へ行きたかったのだ。

進路はほぼ決まっていた。バスと電車で四十五分かけて、住宅街の奥に建つ女子校へ行くのだ。そして進路とほぼ同じくらい、そこで私がどうするのか、どう過ごすのかも決まっていた。多分中学のときの友達のことなんかすぐに忘れて、私はその場になじむだろう。仲良しのグループだってすぐできるだろう。それはそのとおりになった。ぬきんでて勉強ができるようになるわけでもなかったし、仲良しのグループはすぐでき、すべて打ち解けて話す大親友もいないかわりに敵もいず、先生に目をつけられることも目をかけられることもなく、力を打ちこめるクラブもそれを支えるような才能もない。そのことに私は安心していた。びっくりしなくていいことは楽なのだった。たとえば予想を大きくはずれて友達が一人もできなかったり、すぐに彼氏ができて大恋愛ののち妊娠してしまったり、重大な悩みを抱えて拒食症になったり、そんなことになれば多分私は少なからず動揺していた。

バーゲンの日午前中の授業をフケて隣の町まで出かけ、近所の大学の学祭に行き、電車の中で見かける人を好きになったと友達が言えば早起きしてわざわざ見にいき、仲良しの子の家に泊まって一晩じゅう他愛のないことをしゃべり、せいいっぱいのおしゃれをして遠くの繁華街《はんかがい》まで浮かれて行き、充分楽しかった三年間は、十五のとき想像したとおりだった。私は私のままだった。そうしてあのとき私はふと、そんなすべてがいやになったんだと思う。どこへ行っても私が私であること、それはつまりどこへも行けないことだった。そういうことに安心している私自身もいやだった。バス停に走りこんでくるバスに乗っても行けない場所に私はどうしても行きたく、また見たことのないその場所に恐怖を覚えたのだ。

もしあのときあのまま学校に帰らなかったらどうなっていたのだろう。自分が今黒一号の運転する車に乗っていることも忘れ、窓の外に顔を向けたまま私は夢中で想像してみる。バスに乗り、家へは向かわず、郵便局へ行って貯金を全部下ろし、できるだけ遠くへ行く電車に乗り、着いた町で制服のままぶらぶら歩き、夜が更《ふ》けてもきっと帰らない。安い宿を見つけて泊まり、明くる朝はもっと遠くを目指す。お金がなくなったら年齢を偽《いつわ》って働いて、お金がたまったらまたどこかへ向かう。多分そんな暮らしの中でも、私が過ごしてきたのと同じように四つずつ季節がまわり、どこかで私は十八になっていただろう。きっとどこかで私は思い描くのだ。高校生になっている自分を。制服を着て、そこそこ仲のいい友達に囲まれて、そこそこの成績をとっている自分を。もちろんそんなにうまくいくはずがないことはわかっている。電車に乗って着いた町をうろついているところで、補導でもされるのがオチだろう。あるいは泊まるところもなく、乗ってきた電車に乗って深夜家にたどり着くか。けれどそれだってよかったのだ。たった一日だって、私のいない場所に行けるのだったら。

我に返ると、黒一号と二号はまだ大学の話をしていた。代返の取りかたや、試験を楽にクリアする方法や、そんなことをしゃべる彼らの後ろ姿はまったく見分けがつかなく、本当に一号二号という名のお人形さんに見えた。黒一号は岬への入り口を見つけウインカーを出す。じっと黙っていた私をのぞきこみ、大丈夫？　とゆりちゃんが不安げに問いかける。

「吐《は》きたい」

私は言った。一瞬車内は静まり返り、黒一号はスピードをゆるめる。

「え？」

私は顔を歪ませ、もう一度言った。

「吐きそう」

「ちょ、ちょっと待って、ここだと困る」

黒一号はあわてて車を停める。きっと本当にここで吐かれたら困るのだろう、振り返った黒一号の顔には妙に生々しい表情がはりついていて、初めて彼の顔が人に見えた。たとえば彼が大きな教室で漫画を斜《なな》め読みしながら授業を受けている姿や、アパートで舌うちをしながら生ごみをまとめている姿なんかが、きちんと彼の後ろに見えた。それで一瞬悪いことをしたなと思ったが、私は車から飛び出た。道路傍《そば》の草の陰にしゃがみこむ。背後で、ゆりちゃんたちが急いで車を下りてくるのが感じられた。

本当は吐きたくなんかなかった。ただ、車に乗っていることに耐えられそうになかった。夜景を見て、ビリヤードをして、飲み屋に行って、昼間みたいに名前も覚えられない彼らと適当に話すのはもういやだった。私がどんな顔で笑うか、どんな受け答えをするのか、昨日のことみたいに想像でき、そんな自分ももう見たくなかった。けれど下りてしまった手前、そこに生えている草に向かって、

「ゲエエエエ」

と声を出してみた。教室で感じていた、内部にこもった熱が、腐り始めていた何かが身体の奥からヘドロみたいに出てくる気がした。実際は、ただ唾液《だえき》が一筋透きとおって舌の先を滑り落ち、草を濡《ぬ》らしただけだった。

「大丈夫？　酔っちゃった？」

ゆりちゃんと夏子が駆け寄り背中をさすってくれる。私は立ち上がって口を拭《ぬぐ》い、

「ごめんね、私歩いて帰る。気持ち悪いから」

と言った。ゆりちゃんと夏子は車を振り返る。開け放った窓からハルナがこちらを憮《ぶ》然《ぜん》とした表情で見ている。

「なおちゃん、酔っちゃって、歩いて帰るって。私、つきあうわ」ハルナに向かって夏子が言う。「ハルナどうするの。私たちいるから、行っていいよ」

私はちらりと上目《うわめ》遣《づか》いにハルナを見た。なおも憮然としながら、下りようかどうしようか迷っているハルナの顔が窓にはめこまれている。その表情は、きっと彼女もそれほど楽しいわけではないんだと私に気づかせる。黒一号とずっと一緒にいたいわけでもないし、今夜も彼と過ごしたいわけでもなく、またビリヤードを覚えたいわけでもないのだ。

案の定、黒一号二号と何事か話してハルナは車を下りてきた。夏子とハルナは彼らと二言三言交わし、車は走り去っていった。

「いいの、ハルナ？　なおちゃんは私たちがついてるから大丈夫だよ」

ゆりちゃんが訊くと、ハルナは私をちらりと見て、

「ダサい」

と吐き捨てるように言った。

人通りのまったくない、一直線に続く街灯だけが行き先を浮き上がらせている道を私たちは歩き始める。ここから海は見えない。右手も左手も、畑でも広がっているのかただ黒く塗りつぶされている。両側からふりかかるように虫の音が聞こえる。うし蛙の鳴き声までも絡《から》み合い、濃い闇はずいぶんとにぎやかだった。

「ああ、旅館までけっこうあるのに」後ろを歩くハルナがむっとした表情でつぶやく。

「だいたいここ、どこなのよ」

「歩いていればいつか着くわよ」

とりなすように夏子が言う。昨日のことを訊こうかどうしようか迷っているとゆりちゃんが口を開いた。

「冷たいのね、あの人たち」

「しょうがないよ、レンタカーだから汚されたくなかったんでしょ。べつに、あの人たちがなおのこと捨ててったわけじゃないよ。みんなで車から下りて吐いてる人見てたってしょうがないし、だから帰ってって私が言ったんだもん」

「そんなに文句言うなら乗ってってたらよかったじゃない。いいよって言ったのに」

夏子が言う。

「文句なんて言ってないでしょ。いいよ、泊まってるとこの電話番号知ってるし」

「昨日、どうだった」

私はハルナに訊いた。ハルナはむっとしていた顔を少しだけゆるめ、

「昨日は一晩じゅう四人で飲んでたの。あの人たちの部屋で、ゲームとかしながら。楽しかった」

どこか得意げな表情で私を見る。夏子は何も言わず、手にした一本の草をもてあそんで歩いている。

「ヤらなかったんだ」

「今日はわからないわよ。もし旅館帰ってあの人から電話来たら、私行くから」

「ハルナはそのために来たんだもんね。絶対エッチするって決めてたもんね」

ゆりちゃんが冷やかすように言い、ハルナはまたむっとした表情を作る。

「何よそれ、そんなんじゃないもん。決めてたから、声かけてきただれでもよかったからそうするわけじゃないよ、私そんな人じゃないもん、彼だって」

「じゃあ何よ、ハルナあの人のことが好きなの？　すごーく好きだから行くなんて言うの？　恋だとか運命だとか言うの？」

そう言ったのは夏子だった。ハルナは子供みたいに眉《まゆ》を吊《つ》り上げ、そうだよ、と答える。

「あんた自分が何もなかったからそんなこと言うんじゃないの？　私たち、帰ったら会う約束してるもん。電車で二時間じゃん、デートなんて簡単だよ」

「簡単だよね」

思わずつぶやいた。そうでしょ、とハルナは私と歩みを合わせる。

「そうじゃなくて、なんか、簡単だなあって思って。電車で二時間かけて会いにいって、デートして、エッチして、またデートして、簡単だよね」

私が言った意味を理解したらしいハルナはいきなり声を荒《あら》げる。

「だからなんなのよ、簡単だったら自分だって相手見つけたらいいじゃない」

「私は、簡単なことなんかしたくない」

思わずそう言っていて、自分の耳に届いた声が思いのほか強い口調だったので驚いた。ハルナは何も答えなかった。虫と蛙の鳴き声の合間に、かすかに波の音が聞こえた。ゆるいカーブを道なりに曲がると、はるか先にぽつんと明りが見えた。ネオンの色合いからいってきっとラブホテルか何かだろう。夏の間だけ満室状態の、幻のお城だ。

　しばらく口を閉ざしていたハルナは、

「何よゲロ女」

突然叫《さけ》ぶように言って後ろから体当たりしてきた。思わずよろけて地面に手をつく。ハルナは私を見下ろしてげらげらと笑う。アスファルトがひんやりした感触を掌《てのひら》に残す。両側から私を助け起こす夏子とゆりちゃんもつられて笑い出す。ハルナは早足で先頭を歩き、振り返らず前を向いたまましゃべり出した。

「私ね、やりたいことがあるんだ。彼氏作って、休みの日におべんと作ってバスケットに入れて、どっかの野原で彼氏と一緒に食べんの。へえ、意外と料理うまいんだね、えっそうかな、なんて言ったりしてさ。それから二人で海までドライブ行って、国道でドライブスルー寄って、食べてる間にちょっと道迷ったりなんかして、だれもいない海で裸足《はだし》で駆けまわったりすんの。ポップコーン買って映画見て、しけた映画館の暗闇の中でキスすんの。うつむいて顔かくしてラブホ入ったりすんの。親に嘘ついて富士山の近くのペンション泊まりにいったりすんの。二人でサイクリングしてさ、テニスとか教わっちゃってさ」

その、あまりにもありふれた、かつ妙に子細《しさい》なハルナの想像に私たち三人は噴き出した。

「なんかハルナらしくないじゃん、何かそういう王道デートってダサくない？　中坊みたい」

ゆりちゃんが言う。先を歩くハルナの後ろ姿は振り向かず、頭を左右にゆっくり動かしてハルナは続ける。

「でもしたいんだもん。簡単だって幼稚だってなんだっていいの、そういう思いっきりベタなことしたいの。今のうちに全部しときたいの」

私たちはなんとなく黙ったまま、ただ足を前に進めた。鮮やかなピンク色の看板に描かれた模様が次第に文字になる。波の音が聞こえるほうから、ときおりかすかだが涼しい風が吹いてきて、汗でべたべたし始めた身体のあちこちをなでていく。どのくらい歩いたのか、車を降りたのがもうずいぶん前のような気もするが、このまま笑ったり小突き合ったりしてどこまでも歩いていけそうだった。頭上の濃紺《のうこん》が次第に薄まり、彼方から残りの薄闇を持ち上げるようにして太陽が顔を出すまで歩き続けられそうだった。

私はふと立ち止まり、左手にぱっくり口を開けている闇に目を凝《こ》らした。なだらかな上りの山道が細く続いている。

「ねえ」立ち止まった私を置いて先を歩く三人に声をかけた。「ここ、道があるよ、こっち行ってみない。さっきあの人たちの言ってた岬に出られるかもしれない」

振り返った三人はぽかんとした表情で私を見つめ、

「何よあんた気分悪いんじゃなかったの」

「本当に道なんてあるの？」

口々に文句を言いながら、それでもこちらに向かって戻ってくる。

「夜風にあたって歩いてたらすっかりなおっちゃった。ねえ行ってみようよ。夜景が見られるって、言ってたじゃない」

彼女たちがついてくることを確信して、私は闇の中をずんずん進んでいった。街灯の明りは届かず、けれど薄暗いその道には生い茂る木々の影が落ちている。見上げると丸い月が出ていた。平たく丸い月は、ワット数の弱い電球みたいに細い道を照らし、私たちの影さえも道に浮かび上がらせている。足を踏みこむたび、取り囲む虫の声が音量を上げていく。

「何よう、こんなけもの道」

「それにしても変なところよね、通り沿いにはラブホだのコンビニだの、クラブだのディスコだのがあふれてるのにさ、一歩入るとけもの道だもん。アンバランスだよ」

「幽霊が出るんじゃない？　この島でできちゃって始末された水子の霊がうようよいてさ」

「私そんなものよりマムシとかハブが怖い。ねえ、いない？　ハブとかサソリとか、熊とか」

「ちょっと、本当にこの先に岬があるの？」

暗闇を歩く心細さを押し隠すよう、後ろを歩く三人は甲高い声でしゃべり続ける。けれど、どんなに文句を言っても悪態をついても、みんながこのつつましい冒険にわくわくしているのは声の調子でわかった。

　私は今いるこの場所しか知らなくて、ここから出ていく方法もわからず出口さえ見つけることができない。ひょっとしたらずっとそうなのかもしれないとも思う。ずっと自分をびっくりさせてあげることもできず、私のできる範囲内のことをただ忠実に繰り返し、日々をやり過ごしていくのかもしれない。けれど、どこかに全然違う場所が存在している、私はそのことをなんとなく知っているのだ。信じていると言い換えてもいいくらいのかすかさで。もしいつか、全然違う場所へ続く扉が見えたら私はそれを、自分の掌で開くことができるだろうか。今いる場所よりひどいかもしれないほかの場所へ、足を踏み入れることができるのだろうか。そうしている自分にびっくりしながら、ＴＶのワイドショーにくぎづけになるような視線で自分自身を見つめながら。

どう思う？　後ろを歩く彼女たちにそのことを訊いてみたくて振り返る。ふと顔を上げたハルナと目が合う。ハルナは私が口を開くより先に、情けなく顔を歪ませて笑い、

「私たちって、超ダサ」

とつぶやいた。私たちは声をはりあげて笑う。

「だってそうじゃない、ここに来て、こんなことしてる若い健全な女の子なんていないわよ。みんな海だのディスコだので今ごろ楽しくもりあがってんのよ。わたしたち十八よ？　旬《しゅん》だよ？　それがこんなけもの道で無駄に体力使って」

口をとがらせて続けるハルナもそう言って噴き出し、私たちは歩く足をゆるめずに、徹夜明けみたいなテンションで笑い続けた。ずっと先に目を凝らすと、たくさんの星のはりついた濃紺の夜空があった。本物の星で埋め尽くされた夜空を見るのは初めてだというのに、目の前のそれはぷつぷつと穴のあいたボロ布みたいに安っぽかった。

解説　小さな世界の衝撃

西田　藍

あなたは覚えているだろうか。子供時代を。記憶が全くない、という人は少ないだろう。記憶の濃さの差はあれど、なんとなくの自分史をそれぞれが抱えているだろう。過去の自分が、記憶の中に存在していて、泣いたり喚《わめ》いたり、苦しんだりしている、という人もいるだろう。幼少期こそ自分の黄金時代だと、大切な記憶を宝物のように、慈《いっく》しむ人もいるだろう。人の記憶なんて曖昧なもので、それは美化ではあるかもしれないけれど、少なくとも、それら自分史を礎《いしずえ》に、今の自分自身の自我を保っているだろう。大人は子供時代を、子供は更に幼き時代を。

本書は少女たちのスクール・デイズを集めた短編集で、たとえば私のような、女性で、20代であると、まあ少女と近しい存在として、根拠もなく、著者が描いた少女たちの視座を明らかにしようか、という気になる。それは恐ろしき欺瞞《ぎまん》である。本書は、その欺瞞を突き放す。だからこそ、愛おしき価値がある。

私は、十年前の少女時代を思い返そうとするとき、つい言ってしまうのだ。「あの頃は何もわかっていなかった」「馬鹿だった」「頭がおかしかった」そうやって突き放して、「若気《わかげ》の至り」だとしまい込んで、見ないようにしている。少女の私は、現在の私と、同じ過去を共有している同一の人格であるが、彼女が考えていたことを思い出すことはできない。返却された答案の酷《ひど》い誤答をこっそり消しゴムで消して、いくらかマシな、誤答に書き直すような——評価は変わらないけれどそれでも誤魔化したい無意識の書き換えが行われていて、それはイマドキの若者であることをそれぞれの時代で受け入れた上で、の行為である。児童の発達心理、思春期の性衝動、理屈をつけて整理して、誰に説明する必要もないのに、つい言い訳を並べて自分史に注を付ける。本文よりも注が増えてしまって身動きが取れなくなったりもする。

「パーマネント・ピクニック」は女子中学生が現実から逃亡しようとする話で、表面だけ見ればふうんそんなこともあるよねと、まさに若気だと、あのころは無性に辛かったよねと、思えるような筋でもある。

しかし、著者は、その表面を描かない。主人公である彼女は、何かを説明しようとしていない。彼女の世界の中でしか思考していない。自分を俯瞰《ふかん》するのが不可能であった「あの頃」を、否応なく突きつけ、安易な同情を寄せ付けない。あの頃、あの時、どう思ったかなんて、自分でもわかるはずがない。でも、確かにあの時の思考は、あの時の自分にとっては最大限で精一杯で、それなりに頭をフル回転させていたのだ。未来は遠く、過去は少なく、現在、今、だけがたっぷりとある絶望。

逃亡の方法に自殺を選ぶことは、そうおかしくはない。でも、美しい自死なんてあり得ないことで、彼女の切実さも、十年経てば、摩耗して、ただのイタい思い出として残るのみだろう。それは十年後の彼女自身の生存戦略である。

「放課後のフランケンシュタイン」は、女子中学でいじめの首謀者になる主人公の加害衝動を小気味いいほど、はっきりと、精彩に、描写している。そう、いじめは楽しい。いじめは楽しいが、普通の子たちは別にいじめが好きなわけではないし、何が何でもいじめたいわけでもないし、それでいうといじめっ子は別にマジョリティでもない。教室の外で誰が何をしているかという真実は教室の中の出来事より価値はない。どうでもいいのだ、なにもかもどうでもいいのだ。

「学校ごっこ」は、小学校的なるもの、の気味悪さが詰め込まれている。教師に与えられた役割を演じる小学生たちは「ごっこ」遊びの役を楽しんでいた。だが主人公は、そのペルソナに飲み込まれてしまう。どんなことを考えていても、表に出すことができなければ、誰にも伝わることはない。誰が何を知っていて、何を知らないか、そんなことはわからない。わけのわからない方向に動いていってどうしようもない。

「夏の出口」はそれこそ恥ずかしい夏の若気の至りの一瞬で、その一瞬が尊いと思えるのは、それが過去だからで、あれが若いはずの自分のたっぷりと味わうべき時間だったとしたらそれはそれは安っぽいことだろうと思う。そんな隠したくなることを、著者は一切隠さない。特にセックスをしたいわけでもないし、セックスを軽蔑しているわけでもない。愛欲と性欲とロマンチックな幻想が混じり合う友人たちを否定もしない。イケてないけど悪くはない。

小学生から高校生までの、少女たちと言われる彼女らの、彼女らが知る小さな世界。彼女らは自分を俯瞰で見る術《すべ》がない。自分たちや他者を分類することができない。年少であれば年少であるほど、世界の構造は混濁している。都合の悪いことはぜんぶ忘れたふりをするけれど、本当は全部、「私」で「私」が考えて、「私」の意思でやったこと、忘れたくて見たくなくて全部嘘だったことにしたいそういうものを、消したくなる前の、新鮮なそれを、著者は描く。

鮮烈な生々しい「現在」は、それは、少女であるとか、大人だとか子供だとかは関係なく、スクール・デイズというある程度の共通項を通して、わけのわからなさをわけのわからなさだと誤魔化して隠していた……例えば私のような人間の、脳天に響いている。その共鳴の影響が、まだ続き、この文章を書かせている。

彼らは本当に完全なる他者か？

（アイドル・書評家）

本書は一九九五年一〇月に単行本が、一九九九年五月に文庫版が、小社より刊行されました。
初出「パーマネント・ピクニック」……『文藝』一九九四年夏季号
「放課後のフランケンシュタイン」……『文藝』一九九四年文藝賞特別号
「学校ごっこ」……『文藝』一九九五年春季号
「夏の出口」……書下ろし

新装新版
学校《がっこう》の青空《あおぞら》

一九九九年 五 月 六 日 初版発行
二〇一八年 二 月一〇日 新装新版初版印刷
二〇一八年 二 月二〇日 新装新版初版発行

著　者 角田《かくた》光代《みつよ》
発行者 小野寺優
発行所 株式会社河出書房新社
〒一五一－〇〇五一
東京都渋谷区千駄ヶ谷二－三二－二
電話〇三－三四〇四－八六一一（編集）
〇三－三四〇四－一二〇一（営業）
http://www.kawade.co.jp/

ロゴ・表紙デザイン 粟津潔
本文フォーマット 佐々木暁
本文組版 株式会社キャップス
印刷・製本 中央精版印刷株式会社

Printed in Japan ISBN978-4-309-41590-1

東京ゲスト・ハウス

角田光代　40760-9

半年のアジア放浪から帰った僕は、あてもなく、旅で知り合った女性の一軒家に間借りする。そこはまるで旅の続きのゲスト・ハウスのような場所だった。旅の終わりを探す、直木賞作家の青春小説。

ぼくとネモ号と彼女たち

角田光代　40780-7

中古で買った愛車「ネモ号」に乗って、当てもなく道を走るぼく。とりあえず、遠くへ行きたい。行き先は、乗せた女しだい――直木賞作家による青春ロード・ノベル。

福袋

角田光代　41056-2

私たちはだれも、中身のわからない福袋を持たされて、この世に生まれてくるのかもしれない……人は日常生活のどんな瞬間に、思わず自分の心や人生のブラックボックスを開けてしまうのか？　八つの連作小説集。

異性

角田光代／穂村弘　41326-6

好きだから許せる？　好きだけど許せない⁉　男と女は互いにひかれあいながら、どうしてわかりあえないのか。カクちゃん&ほむほむが、男と女についてとことん考えた、恋愛考察エッセイ。

窓の灯

青山七恵　40866-8

喫茶店で働く私の日課は、向かいの部屋の窓の中を覗くこと。そんな私はやがて夜の街を徘徊するようになり……。『ひとり日和』で芥川賞を受賞した著者のデビュー作／第四十二回文藝賞受賞作。書き下ろし短篇収録！

ひとり日和

青山七恵　41006-7

二十歳の知寿が居候することになったのは、七十一歳の吟子さんの家。奇妙な同居生活の中、知寿はキオスクで働き、恋をし、吟子さんの恋にあてられ、成長していく。選考委員絶賛の第百三十六回芥川賞受賞作！

やさしいため息

青山七恵　41078-4

四年ぶりに再会した弟が綴るのは、嘘と事実が入り交じった私の観察日記。ベストセラー『ひとり日和』で芥川賞を受賞した著者が描く、ＯＬのやさしい孤独。磯崎憲一郎氏との特別対談収録。

きょうのできごと

柴崎友香　40711-1

この小さな惑星で、あなたはきょう、誰を想っていますか……。京都の夜に集まった男女が、ある一日に経験した、いくつかの小さな物語。行定勲監督による映画原作、ベストセラー!!

また会う日まで

柴崎友香　41041-8

好きなのになぜか会えない人がいる……ＯＬ有麻は二十五歳。あの修学旅行の夜、鳴海くんとの間に流れた特別な感情を、会って確かめたいと突然思いたつ。有麻のせつない一週間の休暇を描く話題作！

寝ても覚めても

柴崎友香　41293-1

あの人にそっくりだから恋に落ちたのか？　恋に落ちたからそっくりに見えるのか？　消えた恋人。生き写しの男との恋。そして再会。朝子のめくるめく10年の恋を描いた、話題の野間文芸新人賞受賞作！

カツラ美容室別室

山崎ナオコーラ　41044-9

こんな感じは、恋の始まりに似ている。しかし、きっと、実際は違う——カツラをかぶった店長・桂孝蔵の美容院で出会った、淳之介とエリの恋と友情、そして様々な人々の交流を描く、各紙誌絶賛の話題作。

ニキの屈辱

山崎ナオコーラ　41296-2

憧れの人気写真家ニキのアシスタントになったオレ。だが一歳下の傲慢な彼女に、公私ともに振り回されて……格差恋愛に揺れる二人を描く、『人のセックスを笑うな』以来の恋愛小説。西加奈子さん推薦！

一人の哀しみは世界の終わりに匹敵する

鹿島田真希　41177-4

「天・地・チョコレート」「この世の果てでのキャンプ」「エデンの娼婦」——楽園を追われた子供たちが辿る魂の放浪とは？　津島佑子氏絶賛の奇蹟をめぐる５つの聖なる愚者の物語。

冥土めぐり

鹿島田真希　41338-9

裕福だった過去に執着する傲慢な母と弟。彼らから逃れ結婚した奈津子だが、夫が不治の病になってしまう。だがそれは、奇跡のような幸運だった。車椅子の夫とたどる失われた過去への旅を描く芥川賞受賞作。

グッドバイ・ママ

柳美里　41188-0

夫は単身赴任中で、子どもと二人暮らしの母・ゆみ。幼稚園や自治会との確執、日々膨らむ夫への疑念……孤独と不安の中、溢れる子への思いに翻弄され、ある決断をする……。文庫化にあたり全面改稿！

まちあわせ

柳美里　41493-5

誰か私に、生と死の違いを教えて下さい…市原百音・高校一年生。今日、彼女は21時12分品川発の電車に乗り、彼らとの「約束の場所」へと向かう——不安定な世界で生きる少女の現在（いま）を描く傑作！

あられもない祈り

島本理生　41228-3

〈あなた〉と〈私〉……名前すら必要としない二人の、密室のような恋——幼い頃から自分を大事にできなかった主人公が、恋を通して知った生きるための欲望。西加奈子さん絶賛他話題騒然、至上の恋愛小説。

東京プリズン

赤坂真理　41299-3

16歳のマリが挑む現代の「東京裁判」とは？　少女の目から今もなおこの国に続く『戦後』の正体に迫り、毎日出版文化賞、司馬遼太郎賞受賞。読書界の話題を独占し“文学史的事件”とまで呼ばれた名作！